小情歌
第二季
—03—

我在等，等风等你来

等在等风等你来

云上 作品 ②

河北出版传媒集团

花山文艺出版社

图书在版编目（CIP）数据

我在等，等风等你来. 2 / 云上著. -- 石家庄：花山文艺出版社，2017.3

ISBN 978-7-5511-3271-8

Ⅰ. ①我… Ⅱ. ①云… Ⅲ. ①长篇小说－中国－当代Ⅳ. ①I247.5

中国版本图书馆CIP数据核字(2017)第041651号

书　　名：我在等，等风等你来. 2

著　　者：云　上

出版统筹：张采鑫

特约编辑：廖晓霞

责任编辑：董　舠

责任校对：齐　欣

封面设计：刘　艳

内文设计：米　籽

美术编辑：许宝坤

出版发行：花山文艺出版社（邮政编码：050061）

（河北省石家庄市友谊北大街330号）

销售热线：0311-88643221/29/35/26

传　　真：0311-88643225

印　　刷：长沙鸿发印务实业有限公司

经　　销：新华书店

开　　本：880×1230　1/32

印　　张：8

字　　数：240千字

版　　次：2017年7月第1版

2017年7月第1次印刷

书　　号：ISBN 978-7-5511-3271-8

定　　价：29.80元

- 目录 -

WOZAIDENG DENGPENGDENGNILAI 2

- 目录 -

WOZAIDENG　DENGFENGDENGNILAI 2

/第一章/

WO
ZAIDENG
DENG FENG
DENG
NILAI

你听好了，我许子心要追你！

▲

2009 年 6 月，09 级高中生参加高考。

2009 年 6 月，被誉为流行音乐之王的迈克尔·杰克逊去世，享年 50 岁。

2009 年 10 月，三位大学生在长江救人，献出了宝贵生命。

2009 年 9 月 09 级大学生入学。

1

标题：昨天喝多了大庭广众之下放话要追暗恋的男神，楼主已生无可恋。

"事情是这样的，楼主刚上大学就萌上了男神，鉴于没有经验不敢去追，一直都在默默暗恋，结果男神一不小心成了楼主辅导员，楼主一不小心就和男神一起吃饭了，又一不小心喝多了，再一不小心就拍着桌子说要追男神了。求助，事到如今我如何面对男神？"

许子心整个人蒙在被子里，将这段文字改来改去，最后一咬牙，点击发送到了天涯论坛上。

一想到昨天晚上自己做的蠢事儿，许子心就一阵抓狂，被子都被她一阵胡踹乱蹬掉到了地上。

正在看《原来是美男》的室友萧潇意犹未尽地点了暂停，起身替她把被子塞上去，捂着嘴笑个不停："怎么，还在纠结呢？我觉着挺好啊，你本来不就是要追他的嘛！"

"好什么好啊！我本来只是想要默默萌他的啊，男神就是用来仰望的嘛！"她撇嘴，"谁知道我喝多了嘴上没把门的，居然随便乱说话。"

萧潇还要说什么，听到一阵手机铃声响："你电话，快接吧。"

她"噢"一声，爬到床头把手机拿起来，有气无力："喂？"

"报告报告，现在你男神刚到食堂二楼要吃午饭！"

换作是之前，许子心老早就换了衣服奔过去了，可一想到昨晚自己的那些丰功伟绩，就有些不敢见人。

"怎么了？"萧潇问她。

"说男神在食堂吃饭。"

"那还不快去？"萧潇一把将她拉下来，指使着她换衣服，"木已成舟啦，你现在就得抓住机会上！"

"是吗？"

萧潇给她洗脑："肯定啊，快去快去！"

许子心不好意思一个人去，拉着萧潇给她壮胆。

发情报的刘原还怕许子心找不到，转过身朝她死命招手："许子心，这里！"

许子心端着托盘，一眼就望见了坐在刘原对面的应承。

嗯，应承就是她的男神，昨天一不小心喝多了拍着桌子说要追他的那个男神……

刘原的声音大到惊动了半个食堂的学生，应承也停下了手中的动作，缓缓抬头看向许子心的方向。

许子心猛地侧过脸，看向萧潇："怎么办怎么办？我好紧张，你觉得我现在怎么样？"

萧潇的声音从牙缝中挤出来："啰唆什么，许子心，你要是个女人，就给我上！"

许子心咽了咽口水，尴尬地一步一挪，缓缓地走到了刘原和应承所在的长桌边，寻了个离他们远远的位置坐下。

刘原笑："过来坐啊，坐这里！"

许子心扯了扯嘴角，挪着臀坐到了旁边。

刘原一脸"心知肚明"的表情，笑得那叫一个得意扬扬。

许子心暗暗在桌子底下狠踹了他一脚，死死地瞪着他。

刘原默默地移开了视线，呵呵地笑。

"许子心。"应承忽然叫她，声音好听得能让她心碎。

许子心下意识地直起了腰背："是。"

"你就这么追我？"他用那张一本正经的脸说着这么不正经的话。

"哎？"许子心呆呆地眨眨眼睛，"没，不是，我没有……"

"所以，你的意思是你没有想追我？"

"啊？也不是啊……"她被他给绕晕了。

"要不要打个赌？"他依旧没什么表情。

"什么？"

"赌你能不能追到我。"

"你赌不能？"她试探着问。

应承没有回答，只是静静地看着她，一双眼睛仿佛深深的漩涡，叫人沉溺，无法自拔。

"好啊……"许子心深吸一口气。既然事已至此，木已成舟，她的小心思也藏不下去了，干脆就一不做二不休，努力追一把！

于是，许子心重新打开天涯，更新了帖子。

"楼主刚和男神一起在食堂吃饭了，男神说要跟我打赌，赌我能不能追到他，事已至此，楼主除了生无可恋之外也想努力一把，但是单身没有经验啊，求问现在应该怎么办，才能让男神觉得我其实是真的喜欢他而不是因为赌局啊！感激不尽！"

所以事情到底是怎么发展成这样的？

许子心晕晕乎乎的，只知道自从他们班换了个辅导员之后，这一切就都开始不对劲了。

2

事发几天前。

随着天气越来越冷，许子心就越来越恨大一必须参加的早操。每次总是在床上赖到最后一秒，这才起床把校服直接穿在睡衣外，别说洗脸刷牙，她连头发也懒得顺一顺。

萧潇倒是一早起来先把 QQ 空间的菜给收了，这才死活拖着许子心冲了出去。

许子心和萧潇在雾气浓重的小道追上了先出门的俩室友，许子心忍不住抱怨："你们说今天这雾这么重，隔一米就瞧不见人，少几个人估计辅导员也发现不了。"

萧潇捂着嘴笑："这倒是，不过听说辅导员上周末出去玩的时候出车祸了。"

"这么八卦的消息我居然不知道？"许子心竖起了耳朵，"怎么回事儿啊。"

"好像是旅游大巴翻车了，出了事故，伤得不轻但没有生命危险，不过估计一时半会儿是回不来了。"

之前的辅导员是刚毕业的一小男生，长得倒是不错，可不知道为什么老是和许子心过不去，她做什么他都看不上眼，给她穿了好几次小鞋。许子心不免有点儿庆幸，总算能逃离魔爪："虽然这么说有点儿不厚道，不过我真的快被他折磨死了，这会儿居然有点儿小雀跃还有点儿小期待，你说新来的辅导员会不会还是个帅哥，不过脾气得好点儿。"

"万一再来个奇葩呢。"

许子心忍不住叫："潇潇，你别乌鸦嘴啊。"

早上雾气实在太重，许子心不高，排在第一个，回头一看还真看不清楚后面那人的模样了，她咧着嘴笑了笑，下意识地低头捋了一把自己头顶翘起的呆毛。

许子心还没来得及抬头，不远处忽然传来一道声音在问："工管091？"

该怎么形容这个男人的声音？低沉，尾音微微上扬，仿佛带着一支箭，直直地射进人的心里头去。

这声音……

许子心感觉自己心脏漏跳了一拍，猛地抬起头来看过去，有个高大的身影隐约在雾中缓缓而来。

她仿佛不在操场上，而是在蓬莱仙境，一位谪仙从云雾中翩然而至。

尽管这位谪仙说的话有点儿不应景。

许子心恍惚了一会儿才意识到他是向自己问话，连忙点头应道："是啊，是工管091。"

拨开云雾，那人终于出现在她面前。

她顶着一头乱成鸡窝的头发，睁着一双粘着眼屎的眼睛，张着还没刷过牙的嘴巴，呆呆地仰头，望着这个已经走到她面前的男人。

应承！

居然真的是应承！

要说应承是谁，学校里大概没有不认识他的人，是工管大三的学长，更是学校的传说，以他的成绩绝对能上J大的，高考的时候不知道为什么作文没写，结果被H大录取了，学校还给了一大笔奖金，虽然现在才大三，已经跟人合伙在开公司了，简直是H大的全民男神。

当然，还有一个最重要的原因，应承的声音实在是太好听了！

许子心入学那天应承就代表学生进行演讲，声音能迷死一票人，而对于许子心来说，更重要的一点是因为他的声音和百谷实在太像了。

百谷是配音圈的大神，声音撩人，本人格外神秘，早先接过一些广播剧也唱过几首歌，但现在转入商配圈之后反倒不怎么出现了，偶尔给游戏和广告配音，神出鬼没的，距离他上次在YY中被当作嘉宾请来，已经好几个月了。

百谷从来都没有以真身出现过，不过圈内一直认为他很帅，不过理由有点儿莫名就是了。百谷与白古同音，圈内都一厢情愿地认为他肯定长得和年轻时候的古天乐很像，那可不就是绝色嘛。

许子心是个典型的声控，高二的时候开始粉他，到现在也快两年了，能在现实中听到和百谷大大那么像的声音。简直是死而无憾了，所以刚入学，她就萌上了应承，默默地成了他以及他声音的小粉丝，俗称单相思，或者暗恋。

许子心下意识地咽了咽口水，整个人有点儿蒙圈，不确定这会儿是在现实还是在梦境。

应承脸上没什么表情，淡淡地点点头："我是你们班的代辅导员，应承。"顿了顿，"你，不做早操？"

许子心回过神来，这才意识到早操的前奏已经响起，她闭了嘴，默默地低头抬手捻了一下眼角，认命地开始做早操，以她格外不协调的肢体。

真是，太丢脸了。

早操之后，应承便不知道去了哪里，许子心松了一口气，转身找到萧潇，抓住她的胳膊就开始犯花痴："潇潇，我刚刚见到我们班的帅哥辅导员了，天哪，你知道是谁吗？"

萧潇打了个哈欠，对帅哥很有兴趣："帅哥？辅导员？今天雾太大我都没看到！有没有张根硕帅？"

"明明是郑容和更帅好不好！"许子心被她带歪，甩甩手，"别说这个了，不然我们又要骂战。你猜猜嘛，猜猜辅导员是谁！"

萧潇看她这兴奋的样子，随口一说："总不会是你的暗恋对象，应男神吧！"

"对啊对啊！就是应承！"

萧潇的步子一顿，转头看她，一脸震惊："你说什么？"

"应承啊……"

"应承？应承！"

许子心靠在萧潇肩膀上犯花痴："老天爷简直对我太好了……"

"喊！"萧潇耸了耸肩，"好你个鬼，当我们班辅导员又怎么了，你还不是不敢追咯！"

许子心哼一声："你不懂。"

好吧，说到底呢，就是她很怂。

3

回了寝室，许子心把校服一脱，里面就是她那套粉色小熊睡衣，她利落地爬上床，被子一盖就准备补眠。

只是这会儿却是怎么都睡不着了，她干脆拿出手机打开微博，两个大拇指在屏幕上利落地打字，然后发送。

雨生：今天和男神说上话了！男神声音真的太像百谷大大啦！~\(≧▽≦)/~

雨生是她的笔名，她早先靠写小肉文发家，虽然现在已经从良，但还是有不少忠实粉丝的，而且她一向走在时代的前端，微博一出来就注册了，这会儿怎么说粉丝也上万了。

没一会儿就有几十条评论，许子心一一点开看。

——呵呵，我只是来催更的，大大断更没有职业道德。

——无音频无真相！我绝对不相信这个世界上还有人的声音能和百谷大大比！

——雨生大大你这么喜欢百谷大大，百谷大大知道吗？

——所以大大你什么时候开新文？

——帮你艾特百谷大大。@百谷

许子心脸不红心不跳地把所有艾特百谷的评论和转发都删了，顺便转发了一下自己那条微博。

——敢艾特百谷大大的，杀无赦！

于是，评论里一片哀号，都说许子心是专制主义、强权政治。

许子心得意地挑眉，退出微博，找了百谷早年的翻唱歌曲开始听起来。

那时候百谷的声音和现在稍微有点儿不一样，如果说那时候他的声音是大江，那现在就是深海，宁静又有致命的吸引力。

H 大的大一新生除了早上要做早操之外，晚上还必须去教室上晚自习。

许子心所住的 201 寝室一共住了四个女生，她和萧潇是工管的，另外两个女生是英语系的，所以四人之间关系自然也有亲疏。

每次去晚自习最磨叽的都是许子心，不过，显然她今天和往常有点儿不一样。

"潇潇，你说我是不是很胖？"

看着许子心肉嘟嘟的脸和略微有点圆圆的身材，她决定说假话："其实还好啦，你看美男，她也肉乎乎的呀，还不是那么多帅哥喜欢！"

"拜托，潇潇，那是韩剧啊！"许子心捏了捏肚子上的肉，一脸的气馁，"你不知道，我这是长胖了。我高三那会儿瘦了五六斤呢，结果高考结束之后，我妈把我当猪一样喂养了三个月，你说我不胖可能吗？"许子心刚刚一米六的身高，体重一百一，再加个小零头。

其实她身材匀称，不算很胖，只是再配上一张圆滚滚的娃娃脸，看起来就有些肉感了。

"就你这样，放到唐朝那可是大美人！你看你皮肤这么好，这么白！"

许子心整个人趴到全身镜上，有气无力："你还不就是说我胖嘛！搁唐朝是大美人，搁现在就是大白猪。"

萧潇是吃不胖的体质，瘦得跟竹竿儿似的，和许子心高中闺蜜苏珩倒是很像，根本无法理解她的苦楚。

"晚自习要迟到了哎，你换好衣服没？不是，你以前去晚自习从不换衣服啊？老实说，是不是为了我们的新辅导员？"

许子心侧脸贴着镜子，凉飕飕的，她笑起来，嘴角便咧到了耳朵边："在暗恋对象面前，还是要保持良好形象的！"

她好不容易选好了衣服，几乎是踩着点进教室，而后便被眼前的一幕吓到了。

她和萧潇对视一眼，这才意识到自己没有出现幻觉。

工管系女生多，原本一个个都恨不得坐到教室最后一排，前两排空着才是常态，可今天，全都挤到前排来了，不是为了坐在讲台的应承还能是为了什么？

萧潇啧啧两声："我就说男神不好追，情敌太多，现在感受到没有？"

"谁说我要追他？暗恋，暗恋你懂不懂？！"许子心抱着课本走到了后排空着的座位坐下，暗自懊恼，要是来早点儿就好了，还能近距离看看他，也能近距离听到他的声音，想想就觉得世界太美好。

萧潇在她旁边坐下，笑："教你一招，等会儿去问他问题啊，拉近距离懂不懂？"

"喏，你看，已经有人先上了。"

萧潇感叹一声："幸好我已经有男朋友了，不然恐怕我也会控制不住成为你的情敌啊。"

许子心小心翼翼抬头瞥了一眼，应承正在给一个女生讲题，一脸的认真严谨。

她下意识地咽了咽口水，忍不住拍了下自己脑袋：色令智昏啊！

好不容易等到课间休息，许子心不再像高中一样去厕所也要拉着人，从厕所出来，她一眼就看到了在楼梯转角处的楚凡，快跑几步抬手搭在他的肩膀上，笑嘻嘻："嘿，楚凡，这么巧！"

楚凡是她高中同学，格外安静不爱说话，和她的好闺蜜苏珩像得很。

楚凡没想到许子心会突然冲出来，肩膀上忽然多出一只手臂，他难免受惊，下意识地躲了开去。

许子心没收住脚，往前冲了两步，踩空楼梯，直接从楼梯摔了下去。

楚凡吓了一大跳，连忙跑下去扶她："许子心，你没事吧？都怪我不好，我……"

许子心的马尾散了，头发堆在脸上跟个疯婆子似的，她傻乎乎地笑笑："是我看到你太激动了，所以才……怎么能怪你呢。"

楚凡一脸愧疚，要扶她起来，手伸出去又有些尴尬，不知道该怎么扶："我，我送你去医务室吧，你的腿受伤了。"

"啊？"她低头看一眼，果然，右腿外侧从大腿到小腿有一道明显的蹭伤，这会儿正在往外渗着血。

"许子心？"楚凡见她发愣，叫了一声，"我，要不我去叫你们辅导员吧！"

"哦。"她回过神来，这才反应过来楚凡说了什么，"啊，没事，我……"

话都没说完呢，楚凡早就已经跑得没影儿了。

不过，辅导员……

许子心忍不住偷笑了一下，莫名地有些期待。

萧潇听说许子心受伤，跟着应承一起出来了，见到许子心面色红润的样子就忍不住翻了个白眼，默默地回了教室，顺便拉走了一脸担心的楚凡。

楚凡不明所以："许子心受伤了，我得送她去医务室。"

萧潇不满他的榆木脑袋："当什么电灯泡，这么急着送她去医务室，难不成你喜欢她？"

"你说什么呢！"楚凡的脸瞬间红透，背过身，"那既然你们辅导员在，我就先回教室了。"

萧潇觉得他简直莫名其妙。

4

挪到角落坐着的许子心一眼就望见了正从楼梯下来的应承，她低头，轻咳一声，而后伸手理了一下头发，一系列动作做完，应承刚好来到她面前，她仰头笑。

"许子心？"他蹲下身，叫她的名字，"哪里受伤了？"

许子心小鹿乱撞："腿……"

她下意识地把腿伸出去，然后就开始后悔自己怎么没早点儿减肥。

应承看了一眼，伸手："我送你去医务室。"没等她说话，他已经握住她的肩膀要扶她起来。

不知道是刚刚的摔伤，还是因为应承的靠近，许子心两条腿一点力气都没有，他刚把她扶起来她就歪向他，一头栽进了他的怀里。

应承微微一愣，忍不住低笑了一声，是那种洞悉一切的笑声。

她怔了两秒，她可真不是故意的！

她连忙从他怀里直起身子，摆手："我真的是没站稳！"

应承没等她解释："我背你。"

许子心张大了嘴巴，好一会儿才合拢："不，不用，我，我很重……"说完，她差点儿就把脸埋到胸口。

他却直接蹲在了她面前："上来。"

上来……

作为曾经的小肉文写手，许子心无法克制地想歪了。

她咬着唇想入非非，脑袋里天人交战，到底没忍住，还是张开手臂趴上了应承宽阔的背脊。

应承看着挺瘦的，但没想到很有力气，轻而易举地将她背起来，她双手搭在他的肩膀上，能感觉到他衣服底下那股子遒劲的力量。

她想，他脱了衣服估计和她笔下的男主角有的一拼。

然后，许子心就又脸红了。

课间休息已经结束，楼梯上一个人都没有，安静得有些过分，只有应承一步步走在楼梯上有力的脚步声。

许子心和他靠得那样近，微微低头便能闻到他身上特有的味道。

她向来都喜欢和异性打成一团，男生一身臭汗的样子她没少见，也早就习惯了，可应承却不一样，身上没有什么汗味，格外清爽干净。

许子心深吸了一口气，抿着唇偷偷地笑，不敢出声音。

应承已经走出教一楼，大步走在前往医务室的林荫大道上。

路灯藏在茂密的香樟树叶中，沥青路上倒映着凌乱的树影，原本风一吹便会有窸窣的声音响起，只是这会儿学校的广播响彻整个校园，正在播放林宥嘉的《残酷月光》，淡淡的悲伤从歌里娓娓道来。

许子心挺喜欢林宥嘉的，前段时间还把星光大道都给补了回来，把他在比赛里唱的歌都下到了手机里，不过她更喜欢杨宗纬，长得跟她一绰号叫阿鸡的高中同学特像，歌唱得那么好，可惜决赛的时候退赛了。

许子心总觉得这氛围有些尴尬，思来想去终于开口："你累不累？我很重吧？"

"嗯。"他倒是干脆利落地应下了。

"……"许子心愣了愣，干干地笑，真想赏自己一记耳光，可不是更尴尬了嘛。

歌已经播完，随后响起的是主持人的声音：“刚刚我们听到的是林宥嘉的《残酷月光》，亲爱的同学们，今晚月色很好，大家可以抬头看一看……”

许子心撇撇嘴，这个男主持的声音一点都不好听，根本没法跟百谷大大和应承比，她耳朵早就被他们给养刁了。

“辅导员。”许子心叫他，想听他的声音洗洗耳朵，“你和我们班之前的辅导员认识吗？”

“嗯。”又是单音节，可就这一个字已经足够让许子心面红耳赤，低低的声音还带着沙哑，仿佛带着无限的电力。

“听说他出车祸了，他还好吗？”

“嗯。”

“他……”

“到了。”他说。

许子心抬头，刚刚只想着和他搭话，没想到已经到了医务室。

许子心的伤倒是不严重，不过是擦伤而已，消毒之后贴了纱布就已经够了，只是这几天都不能沾水，每天再换换药，不出一周就能好。

医务室老师正在帮她消毒，她疼得龇牙咧嘴，结果一抬头就看到应承正看着她，连忙咧嘴露出一个笑容，笑得比哭还难看，应承淡淡地移开了眼神。

许子心瞬间就垮下了脸。

处理好伤口，老师去拿碘酒和纱布，房间里就只剩下他们两人，许子心倒是有心说话，可应承站在一旁显然不怎么想搭理她，她想了想就忍住了话头，拿出手机打开微博刷了一发。

把评论和转发里艾特百谷大大的消息都删掉之后，她便要把手机塞回口袋，只是没对准，手机直接掉在了地上发出清脆的响声，她的心都跟着疼了一下。

应承听到声音转过头来的时候，许子心正以一个诡异的姿势弯腰去捡，他有些无奈地摇摇头，迈步走了过来，俯身将手机捡到了手里。

他下意识地在亮着的屏幕上扫了一眼，有一瞬间的愣神。

许子心尴尬地笑："学长，谢谢啊。"

他这才低低应一声，起身将手机还给她，顿了顿，居然还问了句："你玩微博？"

"瞎玩玩嘛。"她笑，想了想，问，"辅导员你玩吗？"

应承仿佛若有所思，没有回答她。许子心耸耸肩，他大概没在玩吧，毕竟微博刚出来没多久，她安利给闺蜜苏珩也还没成功。所以说啊，可不是所有人都跟她一样能有三个 QQ 号的。

医务室的老师正好进来，把东西给她，顺便叮嘱了一番。

回去的时候，应承又背对着她微微蹲下去。

许子心红着脸刚想扑上去，就听到医务室老师"哎"一声："你伤又不严重，哪里就要别人背了。"

许子心熊扑的动作便僵在那里，不知道该怎么办才好。

医务室老师又加一句："小心压坏他的腰才是真的。"

许子心忍着心里的疼，直起身："嗯，我能走的。"

她都这么说，应承也不客气，站起来，快她一步先走了出去。

许子心恨恨地瞪了医务室老师一眼，这才一瘸一拐地跟着他出去了。

应承走得不快，一直在她前面两三步的位置，不远不近。

这会儿时间还不晚，路上的学生不少，应承在学校的知名度的确是高，总有人停下来和他说上几句话，他说得不多，但也不会让人觉得被忽视。

他停下来的时候，许子心也就停下来，在一旁静静地听他和别人说话，他走，她也就跟上去，光是看着他的背影就能让她心跳如雷。

真是窝囊，许子心想，怎么自己这辈子就光会暗恋了呢。

高中的时候她暗恋她的好兄弟，直到最后都没能说出口，不过那份感情早就随着时间流逝而烟消云散了，现在占据她的心的是应承。

没有什么很多的为什么，就是见到他就觉得是对的人。

可能，就是命中注定。

但是，她能和男生们勾肩搭背，却永远都学不会追她喜欢的人。

所谓的，撩汉实战经验为零。

不过她也自得其乐，这样小心翼翼地喜欢着一个人，其实也挺好的。

5

许子心呆呆地跟着他走，连已经到了教一都没发现，他在楼梯前回身看她，刚巧就和她过分炙热的眼神对上。

大概是早就习惯了这种眼神，他并没什么多余的反应，只是问她："能不能上楼梯？"

她的腿没那么疼，不过上楼梯可能还是略微有些困难，她红着脸低头朝他走了两步，而后伸出手，白白嫩嫩又肉乎乎的手捏住他衬衫的袖子："我能扶一下吗？"

他没有拒绝，带着她慢慢上楼梯，不过两层楼，却走了好久。

走完了楼梯，许子心也没有松开手，依旧轻轻地抓着他的袖口，小心翼翼地跟着他一步步往前。

还在晚自习，不过因为没人管着，学生们闹腾得厉害，等应承出现在门口，教室里瞬间安静下来。

许子心感受到了无数灼热刺眼的视线，一抬头就看到了坐在前排的女生一个个都盯着她看，吓得她立马松了手，揣回了兜里。

手心不知何时出了汗，她握紧又松开，食指和拇指捻了捻，想到刚刚捏着他袖口的触感，她忍不住轻笑。

脸上的傻笑直到坐回位置也没怎么收回去，坐她旁边的萧潇看不下去了，捏了捏她的脸："许子心同学，你要花痴到什么时候？"

许子心咧嘴笑，一副重度花痴的模样。

"有什么重要发展吗？"萧潇问，"我可是故意没跟过去当电灯泡。"

"他背我去的医务室。"

"就……这样？"

"不然你还要怎么样？"许子心撇撇嘴。

萧潇耸肩："比如要个电话号码、QQ 号什么的，你就没问？"

许子心这才一脸的懊恼："对噢，我怎么忘了！"

秉着要同粉丝多多交流的原则，许子心十分欢喜地发了条微博。

雨生：今天被男神背啦！【害羞】

评论瞬间几十条。

——莫非大大要脱单？

——雨生大大你见异思迁，我要帮你 @ 百谷

——今天发了两条微博，所以新文在哪里？

许子心还没来得及回评论，编辑的夺命连环 QQ 呼就过来了。

她打开 QQ 对话框，一连串的表情符号之后只有一句话："有时间花痴没时间写文，信不信我和你绝交！爆你照片！"

许子心立马就想给她跪下了："有话好好说呗，爆什么照片呀亲爱的。"

"你上次怎么和我说的？说要转型写小清新，还说一周内给我大纲呢！"

"对啊，我这不是要转型嘛，可是我恋爱经验有限，脱离肉体的情情爱爱实在是难写得上青天啊。"

"你不是有男神？没在追？恋爱经验这不马上就来了嘛！"

许子心抬头，想偷偷看一眼应承，没想到他居然不在讲台，四下找了找才发现他站在走廊上，背对着教室在打电话。

她坚决回："他是校草哎，肯定追不到啦！而且暗恋啦，我只是暗恋他而已！"

"既然是男神，追不到岂不是很正常？想那么多干吗，暗恋能当饭吃啊你又暗恋，高中你暗恋人就被好朋友撬墙脚了不是！"

许子心："有你这么鼓励人的吗？"

"反正不管你追不追，以后不要后悔就好啦。"

许子心刚在感慨她这话说得戳中人心，后一句马上就来了："反正我等着你大纲呢！不然，你懂的！"

许子心把QQ给关了，还是算了吧，追什么追，她怎么可能追得到男神嘛！

虽然百谷大大每天被艾特无数条，不至于每条都去翻看，许子心还是有些不好意思，等睡觉前躺在床上的时候，一一把艾特他的评论和微博都给删了。

萧潇一边往脸上抹护肤品一边叫许子心："心心，你说，老天都特地给你机会，不追的话太说不过去了吧？"

许子心放下手机，头从蚊帐里钻出来看向还在下面的萧潇："潇潇，你觉得我胜算有多少？"

"零。"她毫不犹豫。

许子心瞬间耷拉下脑袋："你也知道是零啊，那还追什么追，我还是单相思吧。"

其他两个英语系的室友见有八卦可聊，一个一个都坐起来。

老大问："怎么了，发生什么了？"

萧潇这个大嘴巴："心心不是一直暗恋应承嘛，他当我们班代辅导员了，你们说，近水楼台都不先得月，她是不是蠢？"

"对啊对啊！我们英语系大二的系花也喜欢他哎！传言去年追过半年，可惜铁壁铜墙，没有攻破，后来她就被别人追到手了。"老二叹一声，"心心，你看，我们那个系花比潇潇还瘦，跟竹竿儿似的，说不定他喜欢丰腴一点的，比如你这样的，不追干吗？万一成了呢。"

萧潇在脸上拍了拍，终于结束了护肤过程，起身："老大说的是，有些事情不去做，我们怎么知道结果？反正你要是想追，我帮你！"

"我有男朋友了，不会和你抢。"

"我也是我也是，你是我们寝室唯一的单身狗，我们不帮你帮谁？"

许子心感动得泪流满面。

这氛围多好，老大顺便把手机开了扬声器放歌，兴奋地叫道："快听这歌，是我们家 2PM 的歌，好听不？"

许子心"咦"一声："你之前不是迷 SJ 的嘛？"

"爱豆更新换代多快啊，我已经饭上这个团了，你不知道，他们各个身材都爆好，也叫野兽团，来来来，我给你看图！"老大把她召唤过去。

老二不满意了，把《sorry sorry》外放，声音比老大的手机还大声："你别听这个叛徒的，不过小团一个，哪比得上我家大 SJ，你过来，给你看韩庚新图！"

许子心站在中间，左右为难，最后坐回去戴上耳机："我都不看了，今天美男更新大结局，我继续去看我家欧巴们了。"

让她们掐去吧。

人多就是力量大，老大男朋友是篮球社的，没几天就有了情报，据说应承喜欢运动，每周都会去参加篮球队的比赛。

萧潇"嘿"一声："之前，班里那个谁来着，哦，刘原，不是还想让你进篮球队当后勤吗？"

的确有这么一回事儿。

班里男生不多，许子心性格开朗，刚开学就和他们混熟了，勾肩搭背喊起哥们儿来那叫一个顺口。

刘原高高瘦瘦的，据说高中的时候还是校队的，打比赛拿过第一，那会儿他们篮球队少个后勤，他还死缠烂打想让许子心去，许子心嫌累就给拒绝了。

许子心别扭着不敢，萧潇直接抢了她的手机给刘原打了个电话："我是萧潇，你们篮球队那个后勤找着了？"

"怎么，您老人家肯赏光？"

"不是我，是心心。"萧潇躲过许子心的抢夺，说得顺口，"心心说她好好想了想，觉得做人不能这么没有人情味，毕竟你也那么恳切地拜托她了，所以她就只有牺牲一下自己了。"

寝室里其余两人一致捂着嘴笑，只有许子心已经放弃抵抗。

刘原笑："那可真是太感谢了啊，肯定是你当了说客。对了，明天下午有训练，你跟许子心说一下，让她要不过来一趟？"

"成……"萧潇见许子心冲她比画，"我让心心和你说。"

许子心接过手机，轻咳一声，装得毫不在意地问，"对了，我们辅导员会去吗？"

"怎么，你一把年纪了还怕辅导员？"刘原笑，"那我问下。"

"啥……"

许子心话还没说完，就听到刘原在那头问出口了："学长，明天下午我们篮球队训练你来吗？"

应承把视线从电脑屏幕上移开："明天下午没事，去。"

"噢，好。"刘原这就对电话那头说，"他说去的，那你来不来？"

许子心目瞪口呆，好一会儿才找回自己的声音："他怎么会和你们一个寝室！"

"噢，原本他不住校的，不是临时当我们班辅导员嘛，我们寝室又正好空一张床，就住进来了啊。"刘原说，"许子心，你不会是因为辅导员也来，你就又不干了吧？"

许子心咽了咽口水，忽然不知道该说什么："没……啊……"

萧潇凑过脑袋，低声问："怎么了？应承和刘原一个寝室？"

许子心生无可恋地猛点头。

应承听到那个名字，再度抬眸看向刘原："许子心？"

刘原点头。

"给我。"应承伸手，向他要手机。

刘原不明所以，还是把手机交到了他手里，怕他吓到许子心，忍不住多说了一句："学长，许子心好像有点儿怕你，你……"

"许子心？"他对刘原做了一个明白的手势，出声。

许子心的手一下子就没了力气，手机直接掉到了桌上，她慌忙把手机捡起来重新放到耳边，深吸一口气，一本正经地回："辅导员，你好。"

"换药了？"他问。声音经过传声筒，显得愈发低沉好听，让人着迷。

许子心浑身起了鸡皮疙瘩，却抑制不住脸上的笑："嗯，换好了，谢谢辅导员关心。"

"听说你怕我？"他说，"如果我去篮球队训练你就不来？"

"没有！真的没有！"她差点儿就要跪下来发誓表决心。

"好，明天别忘了。"他应了一声，然后就把手机还给刘原。

许子心没心情和刘原废话，随口说了句就挂了电话，整个人依旧处于呆滞状态。

萧潇伸手在她眼前晃了晃："心心你没事儿吧？刚刚是应承接了电话？"

"对啊……"许子心眨了眨眼睛，终于醒过神来，抓着萧潇鬼叫。

6

萧潇打了个哈欠，看着镜子前已经换了第三套衣服的许子心，口齿不清地问："心心，你还不走吗？"

"这件好看吗？"

尽管这已经是许子心第三次问了，萧潇还是仔细看了一眼。

"嗯，挺好的，显瘦。可是心心，你去篮球队，确定要穿连衣裙？而且还是，有点儿短的？"她比画了一下。

许子心最终死心地换上最简单的运动服，扎了个马尾，出门了。

学校有室内篮球场，不过这个时候还不算太冷，大家都更喜欢在室外练习，当然还有一个原因是，室外篮球场会围观的学生更多，比较能让他们耍帅自恋。

许子心到篮球场的时候刘原他们也刚到，她仔细寻了一圈，居然没看到应承，大概是还没来，她有些庆幸又有些失落。

刘原看到许子心便跑了过来，把外套扔她怀里："你就坐这儿吧，小文，跟她说一下要做点什么。"

小文是个偏瘦弱矮小的男生，剃了个小平头，见到许子心便咧嘴笑了起来。

其实要做的事情不难，像这种平时的训练就是准备准备水和毛巾，看管一下衣物，还有就是带好医药箱。

刘原叉腰笑着看她："怎么样，能做吧？"

许子心对自己很有信心："那是，也不看看我是谁。不过，场边围着这么多女生一个个大概都想做后勤吧，你干吗找我？"

"她们啊，都是来花痴的，多误事。你不一样啊。"

对不起，许子心想，其实她也就是来花痴的而已。

说到这个，许子心又扫了一眼场上，依旧没看到应承的身影。

刘原看到她的眼神，立马反应过来："你还真怕应承学长啊，不过你可以放心了，他突然有了点事情，大概来不了了。"

"啊？"许子心下意识地叫，然后马上回过神来，"噢，这样啊。"

有队员在叫刘原，他"哎"了一声，随后拍了拍许子心的肩膀："那你就在这儿，我去练习了。"

得知应承不来了，许子心顿时浑身没了力气，瘫坐在椅子里，伸手撑着下巴呆呆地朝场上看。

老实说篮球队里的男生都不赖，个头基本都在一米八以上，而且因为运动的关系，身材也都不错，在这种条件下，脸只要长得不是难看到极致，人气一般都还是挺旺的。

刘原也是其中的佼佼者，运球的动作行云流水，投篮的命中率又高，打了一会儿额前的头发就被汗水给沾湿了，围在场边看的有一大部分都是在看他，他进一个球就一阵鬼吼鬼叫的。

中场休息，他们一个个下场来擦汗喝水，一群女生等着给他们递水，刘原径直走到了许子心面前，拿过她手里的水，而后顺手抬手揉了揉她的头。

眼神如果是刀剑，她现在大概已经体无完肤了，许子心撇撇嘴，不和她们一般见识。

刘原拿毛巾擦了擦汗，眼睛亮得仿佛在发光："怎么样？是不是很无聊啊？"

"还成吧，你们打得挺好。"许子心说，"我高中有个同学也打篮球，我被迫去看过几场，感觉你们打得好多了。"

"多谢夸奖。"

说到高中同学，许子心就有些话痨："你不知道，就那个长得像杨宗纬的高中同学，以前上课还拿手机看 NBA 的文字直播，看到激动的时候拍桌而起，笑死人。"

"以前上课看不成视频，的确都只能看文字直播，大家都是这么过来的啊。"

"对啊对啊……"许子心连连点头，"他还……"

话还没说完，她眼前忽然一阵漆黑，被什么东西蒙住了脸。

她什么都看不到，只能感觉那群女生更加激动了，尖叫声此起彼伏。她抬手，好不容易才把遮在头上的东西拿开，落在手里，是一件简单的黑色连帽外套。

"学长，不是说来不了的吗，怎么又来了啊？"

"嗯，事情处理完就过来了。"

这熟悉又迷人的声音，除了应承还能是谁？

许子心恍然抬头，一眼看到了就站在自己面前的应承，他脱了外套之后，身上只有一件简单的白色短袖 T 恤，干净又清爽。

她下意识地咽了咽口水，立正稍息："辅导员你好！"

看到她这个反应，刘原笑得前俯后仰，笑完还伸手过来把她头上竖起来的头发压了下去："你就这么怕学长啊？"

许子心狠狠瞪他一眼，给他口型："要你多嘴！"顺便抬手把他刚刚碰过的脑袋又揉了一遍。

刘原嗤笑一声："你和你脑袋过不去干什么，本来就够丑的了……"他又要抬手去帮她顺毛，却有一只手在他之前，先一步碰上了她的脑袋。

刘原愣在当场，许子心更是呆若木鸡。

应承却像是什么都没有发生一般，利落地把手收回来："你的腿伤怎么样了？"

"好，好点了。"许子心终于回过神来，"我没碰水。"

他应一声，转身，看向依旧在发呆的刘原："走吧，去打球。"

等训练开始，许子心这才抱着应承的外套瘫在了椅子上，顺便抬手捏了捏自己肉乎乎的脸。

还真是疼。

她长长呼出一口气，这么热闹嘈杂的篮球场，她居然还能听到自己心脏跳动的声音，一下又一下，像是下一秒就要跳出胸口般。

她怔怔地望着应承那道格外引人注目的身影，下意识抬手捂在了自己胸口上。

作孽啊，没这么撩人的。

7

训练结束之后刚好到了晚餐时间，浑身是汗的刘原抬手搂住许子心的脖子，对着别的队员们吆喝："一起去吃饭啊，顺便欢迎一下我们队的新后勤。"

他们都开始起哄："刘原你请客？不请可不去。"

"我请就我请！"刘原大手笔，说着还拍了拍许子心的脑袋，"我可是大出血了啊。"

许子心原本就和男生们关系好，勾肩搭背的也是常有的事，可这会儿她一眼撞见应承转过身来，立马往旁边退了两步，躲开他的胳膊："别动手动脚的。"说着偷偷看应承一眼。

刘原看到应承，招呼："学长，你也一起来啊！"

应承淡淡地瞥了许子心一眼："我去了，你们不会不自在？"

"怎么会！"刘原下意识地说，随后看到许子心格外拘谨地站着，忽然明白过来，可话已出口，又不好收回。

其实应承一向不怎么参加他们的活动，队员们早就习惯了。

"我就不去了，晚上还有事，你们好好玩。"说着，他便走到许子心面前，想要从她手里拿过自己的外套。

许子心用了点力气，应承没能一下子把外套拿走，他倒是没觉得意外，只是静静地看着她。

她深吸一口气，终于抬起头来，说："辅导员，你也一起来吧！"她是疯了吧，怎么会突然说这种话？能不能收回？

他脸上分明没什么表情，她却不知道为什么从他眼中看到了一丝戏谑的笑意。

哎哎哎？是她看错了吧？

"既然……"应承总算开口，"你们这么热情地邀请，一起去吧。"

所有队员都目瞪口呆地看着他，一脸的不敢置信，还是刘原率先反应过来，笑："好啊，不过学长好不容易参加一次聚餐，你们说，是不是要买单？"

大家起哄。

许子心没跟着大家起哄，她呆呆地望着应承，依旧有些恍惚，他怎么这么轻易就答应了？

应承看着许子心，话却是对所有人说的："当然我买单。"

最后找了一个露天的烧烤店，烧烤没上，啤酒倒是先上了一打。

刘原要给应承倒酒，应承伸手挡住："等会儿还有事，不能喝。"

他一向说一不二，没有人再劝他喝酒，转而将矛头对向许子心："来，满上，不醉不归啊！"

许子心轻咳一声，偷瞄应承一眼，把酒杯往旁边一挪："我，就不喝了吧？"

刘原一点眼色都不会看，哈哈大笑："许子心你装什么装，刚开学那会儿和我们拼酒的是谁来着。"

她暗暗地用尽全力捏在他的腰上，咬牙切齿："你不说话没人当你是哑巴！"

刘原还觉得委屈："你掐我干吗！"

反正都已经暴露，许子心也就破罐子破摔，喝就喝！

烧烤上桌之前，许子心已经喝光了一整瓶，大家一个劲地劝酒，她拿起玻璃杯刚又要喝，旁边忽然伸出一只手来，将杯子拿走放回桌上。

"吃点东西再喝。"

她愣了愣，不知道是不是酒意上头，忽然觉得有点儿犯晕。

刘原在旁边"嘁"了一声："还以为学长要当黑骑士，替我们许子心喝了这一杯呢。"

在他们看来很正常的一句话，到了许子心耳朵里，便忽然多了些暖昧旖旎的味道。

应承没有说话，只是拿起茶杯喝了一口，不置可否。

许子心是唯一的女生，大家便就一直在劝酒，她向来豪爽，喝多了就忘了要在应承面前装矜持，一不小心就喝多了，看着所有人都是重影。

应承就坐在她旁边，她拿手撑着下巴傻笑着看他，真好看，怎么能这么好看呢，怪不得她那么喜欢他。

刘原又给她倒了杯酒，刚想递过去就看到她这副痴汉样，笑："许子心，你这眼神有料啊！该不会被学长给迷住了吧！"

"是啊……"许子心舔了舔有些干裂的嘴唇，下意识地回。

刘原愣了愣，反应过来："我没听错吧？许子心，你真喜欢学长啊？"

他这话声音够响，桌上的人全都被吸引过来，一个个都盯着他们看。

许子心有点儿犯晕，根本不知道自己在说什么，居然理所当然地点头："对啊，我喜欢他，嘿嘿……"

整桌的人都不淡定了，唯一岿然不动的是应承，又喝了一口水，而后在大家的吵嚷声中轻轻开口："许子心，你喝多了。"

"我才没有喝多呢！"许子心的眼神没有焦点。

大家的起哄声在耳边越来越大，她脑子一抽，拍着桌子站起来，叫："应承！你听好了，我许子心要追你！"果然这种话，在梦里过过嘴瘾就够了。

大家集体沉默两秒，随后齐齐鼓掌大叫。

许子心得意得很，挥手示意了一下，结果眼前一晕，没站稳又倒了回去，额头正好撞在桌上，疼疼的，她有些恍惚，刚刚说了什么来着？

总觉得好像很重要。

许子心眯了一会儿，整个人都犯晕，起来摇摇晃晃去厕所洗脸。

出来的时候刚好看到应承在前台结账，她凑上去，靠在一边，像是花花公子在搭讪良家妇女，挑着眉问他："你要走了吗？"

"嗯，我还有事。"他看她一眼，微微蹙眉，"你还要喝？"

她摆手："不，不喝了，我也要回去了，嗯，回去。"

许子心没什么东西，手机也在身上，便跟着应承偷偷地溜了，走远了才坐在路边的花坛给刘原发短信。

应承站在一旁等她，看着她坐都坐不稳的样子，问："为什么要喝这么多？"

"大家都是朋友啊。"她抬头，笑，有些傻气。

"他们只是觉得你好欺负而已。以后别和他们这么喝。"

她怔了怔才反应过来："你，是在关心我吗？"

"你真的喝多了。"

"没有没有，我喝多就站不稳了，你看我不是站得很稳嘛！"她从花坛上跳下来，哪里站得稳，直接就扑进了他的怀里，她还敢笑，痴痴的，纯粹是借酒壮胆。

应承扶住她的肩膀让她站稳："我送你回去。"

"真的？"她一把抓住了他的胳膊，瞪着那双水灵灵的眼睛，"所以，你真的就是在关心我吧？"

应承撇开眼："走吧。"

8

烧烤店离学校不远，两人慢悠悠地走回去。

许子心喝多了不仅容易断片，还容易话多，从高中说到初中，差点儿就把自己祖宗十八代都说个遍。

刚好遇到红灯，她没看到，要继续往前走，应承连忙把她拉回来，他的手心很烫，被他握着的手腕像是要燃烧起来一般。

许子心抬头看他，有那么一瞬间忘了说话。

再开口就是胡言乱语，她指着自己的眼睛说："你看我，睫毛是不是很短，其实不是天生这样的，我初中那会儿得了一种病，睫毛倒着长，戳眼睛，我就去做手术了，然后就变成这样了。"

她一脸的委屈。

应承握着她手的力气大了些，声音几不可闻："是吗？"

"是啊是啊！"许子心笑，"噢，我还在医院遇到了一个小哥哥呢……"

"绿灯了。"没等她说完，应承已经拉着她开始过马路。

等过了马路，许子心早就忘了之前在说什么，只顾着嘿嘿傻笑。

"辅导员，能加个 QQ 吗？"

"班级群里自己加。"

"咦？那能给个手机号吗？"她锲而不舍。

应承直接把手机扔给她。

她抖着手，晃着头把自己的号码输了进去，还记得拨通一下，这才双手托着手机恭谨地还给他："多谢辅导员赐手机号。"

应承有些无奈，把手机放回口袋。

"那我能追你吗？"她忽然走到他面前，仰着头看他，眼里亮晶晶的，仿佛盛着整个夜空。

应承移开眼神："你刚刚不是说过了？"

"什么？追你吗？真的啊？"许子心捂着脸笑，"我忘记了耶！"

果然是做梦呢，她想，怪不得自己连说了什么都不记得了。

"你到了。"他说。

许子心回头看了一眼，居然已经到了寝室楼下。

她挠了挠头，乖乖朝应承鞠了一躬："辅导员再见，辅导员走好！"说完迈着正步走进了楼里。

应承摇头失笑。

许子心回到寝室就去卫生间吐得上气不接下气，还好萧潇在，替她收拾替她擦脸，好不容易才哄了非要喝酒的她去睡觉。

第二天上午没课，她是一大早被手机铃声吵醒的。

铃声响个不停，许子心睡得头晕，不想接，同样在补眠的萧潇实在忍不住，起床踹醒她："心心，你快接电话。"

"噢……"她闭着眼睛摸到了手机，接通，"谁啊？"

"许子心，你怎么还在睡啊！"是刘原，一惊一乍的。

许子心侧着身，手机贴脸放着，含糊道："干吗，我头晕，继续睡了。"

"你还睡得着啊？你忘了你昨天拍着桌子说要追学长了吗？"

"嗯，什么？"她随口应一声，忽然醒过神来，蓦地睁开眼睛，"什么，什么追学长？"

"你忘了？你昨天不是大义凛然地说了，应承，我许子心要追你！"刘原还模仿她的声音，居然还挺像。

简直是晴天霹雳，许子心睡不着了，坐起身来，抓了把乱七八糟的头发："你耍我吧？我怎么可能……"

"喊，谁要你呀！证人可多的是呢。"刘原笑，"好了，不和你说了，既然你这么诚心地想追学长，等会儿我给你提供情报哈！"

挂了电话，许子心重新瘫回床上，眼睛透过蚊帐盯着角落里那个蜘蛛网，耳边不知道为什么就传来了自己豪迈的声音。

"应承，你听好了，我许子心要追你！"

她大概真的是疯了吧……

/ 第二章 /

WO
ZAIDENG
DENG FENG
DENG
NILAI

你还是这个样子比较顺眼

♥

▲

2009 年 10 月，中华人民共和国成立 60 周年。

2009 年 10 月，我国航天科技事业的先驱钱学森在北京逝世，享年
98 岁。

2009 年 11 月，甲流病毒蔓延至全世界各地。

2009 年 12 月，澳门回归祖国 10 周年。

2009 年 11 月，许子心鼓起勇气追应承。

1

人生头一回，许子心打算鼓起勇气，做一回勇士。

不就是追男神嘛！她说都说了，追一次怎么了！

许子心有些没底，大晚上的打开天涯给自己找心理慰藉。

不过短短半天的时间，居然已经有不少评论。

——我以亲身经历来证明，女追男，隔层纱！想当初我也是个不会撩汉的妹子，还不是被我拙劣的手段追到了？在一起七年，结婚两年。

——不用担心赌约的问题，只要你能成功，还管什么他以为你是不是真喜欢他啊，时间会证明一切，楼主怀挺。

——我高二的时候，男神不小心伤了腿，大家送了许多礼物给他，结果我送了他一个可以随身携带的痰盂，到现在我还记得男神那时候的表情，大概觉得这世界上没有比我更蠢的女人了吧。楼主只要不像我这么蠢，应该可以追到男神的，加油！

——追啊！楼主记得随时更新帖子！想知道进度啊！

回帖大多都在支持她努力去追，许子心顿时鼓起勇气，更新了一下帖子。

"虽然我还是有点儿不好意思，但已经打算好好追男神啦！毕竟人生只有一次，不就是撩个汉子嘛，爷能和男生打成一片，这么点小事肯定不在话下，之后会持续更新哒！蟹蟹（谢谢）大家鼓励哟！"

更完之后，许子心刚把手机充上电，就听到萧潇叹一声："下周看不到我家张根硕了，感觉生无可恋。"

"下周接档什么剧啊？"

"什么圣诞节下雪什么的，没仔细看，男主角长得还可以吧。"那个时候萧潇还不知道，在剧中演男主角青年时期的演员，会在几年之后红到发紫。

许子心"嘿"一声："反正你看一部剧换一个老公啦！我要睡了，你也早点儿睡，祝你梦到张根硕！"

第二天一早，上了两节课的老大老二一回寝室就拍着门把她们都喊了起来："许子心，你成名人了啊！"

"啥？"她有气无力地抬眼看过去。

"你们没看到学校论坛的帖子吗？"老大拖着椅子坐到许子心旁边，把学校论坛八卦版的首页给她看，"你看看这回复量，绝对的头版头条！不是火了是什么？"

许子心吓了一跳，该不会是天涯的帖子曝光了吧？

她赶紧把手机拿过来看一眼，呼，顿时松一口气，还好不是，可这标题是什么鬼！

"八一八放话要追应承男神的胖女人！"

胖女人……

许子心一把抓住老大的衣领："老大，我真的很胖吗？"

老大上下看了她一会儿，颇为公正地说："没那么胖啦，你这是肉感。哎呀，这不是重点，帖子标题夸张一点不是很正常的吗？"

可是，她真的不想被人说是胖女人嘛。

她瘪瘪嘴，跟着老大一起去看帖子内容。

帖子图文并茂，一上来就是一大串感叹号："敢于公开追我们男神的，都只有死路一条！更何况还是个死胖子！虽然我们男神绝对不会看上她，但楼主还是负责任地来扒一扒这个不知天高地厚的女人！"

然后是一张昨天晚上露天烧烤店的照片。

照片有点儿模糊，但角度真是绝了，越过那一堆队员，就光拍到了许子心手撑下巴傻笑着看应承。

然后又是一串振聋发聩的感叹号："昨天晚上楼主和室友去烧烤店

吃晚饭，结果意外撞见胖女人拍着桌子对男神说要追他！简直是厚颜无耻！本来楼主以为这只是在发酒疯，没想到今天中午她居然不要脸地坐到了男神身边！"

楼主放的是一张刚刚在食堂偷拍的照片，许子心尴尬地坐到了应承身边，满脸的纠结，丑得天怒人怨，偏偏又是高清大图，她甚至感觉自己的每一寸肉都在阳光下闪着腻乎乎的光泽。

接下来就是扒一些她的个人资料了，她的姓名、所在的学院、所在的寝室楼号都被写到帖子里，还真成了学校名人。

许子心把手机抢过来继续往下看。

1楼：情敌死开！

2楼：胖成这样还敢追男神！

3楼：LZ怎么没有拍视频！差评！

……

25楼：居然和我一个寝室楼，没有寝室号吗？想见真人！

26楼：LZ扒得不够彻底啊！身高体重都没有，QQ号手机号也没有！差评+10086！

……

101楼：我见过真人，其实没那么胖，挺可爱的。

102楼：上楼是不是胖女人的小号？

103楼：上上楼绝对是小号！

好不容易有个替她说话的，结果被人群起而攻之，剩下的全都在骂她。

许子心仰天长叹，这事儿好像有点儿越发不可收拾了啊。

萧潇倒是比她还气愤："他们又不知道你是什么样的人，怎么能这么说你，我去和他们骂战去！"

许子心连忙拦住她："你骂得过这么多人嘛！不过其实他们也没说错啦，是我自不量力想要追男神……"

"唉？"萧潇问她，"你这是打算放弃了的意思？"

"怎么可能！"许子心猛地站起来，拍拍胸脯，"都说我肯定追不到他，那我就要让她们看看，我是怎么把男神追到手的！"

萧潇扑哧一声笑出来。

也对，她差点儿忘了许子心一向是越挫越勇的了。

2

帖子愈演愈烈，到了所有人都没有预料到的地步。

不过这事儿也是有据可循的。

应承作为 H 大的全民男神，尽管有过几段莫名的绯闻以外，至今没有女朋友。虽说暗自喜欢他的女生数不胜数，但他入学到现在除却少数几个比较大胆的美女敢小心翼翼地追一追以外，基本没有人敢染指。

当大家把他作为一个神祇崇拜的时候，所有人都是平等的。

而许子心的出现却打破了这种平衡，所以自然不可避免地成了全校大部分女生的公敌。

她是自作孽不可活，活不下去更要活！

因为怕许子心被女生们给生吞活剥了，刘原特地给她打了个电话，让她不用去篮球场了，同时汇报了一下应承的行踪。他的原话是这样的："反正今天学长也不来练习，你就不用过来了，万一被群殴可就不好了！"

"这话怎么说得我就是为了辅导员才做你们后勤一样啊。"

刘原"哎"一声："难道不是吗？亏我昨天还说你和那些花痴的女生不一样呢……"

就这么被人戳穿真面目，许子心有点儿下不了台，直接把电话给挂了。

虽说她下定决心努力一把，可应承俨然一朵高岭之花，她目前还真一点办法都没有。

萧潇和老大、老二也是束手无策："技术上的支持我们大概提供不了，情感上的鼓励我们可是源源不绝的！"

许子心还真是新手上路，一点经验都没，现在也只能走一步看一步了。

不过篮球队训练可以不去，但上课和晚自习还是得去的。

其实大家也都只是暗地里说说她的坏话，只要她不在大庭广众下扑向应承，她的人身安全还是有保障的。

只是她们窃窃私语的声音也太大声了一点，毕竟是说她坏话，这么高调也太不把她放在眼里了吧？

应承还没到教室，许子心一道高数题都做不进去，忍不住起身，咳嗽了两声，吸引了所有人的视线。

有人"嘁"一声："怎么，这是要澄清了？"

"没有啊，我的确是要追他啊。"许子心格外坦荡，"我的确不瘦不白不够漂亮，可是这样就不能喜欢别人了吗？喜欢就去追，这有什么不对吗？"她差点儿忘了之前那个小心翼翼暗恋的是她自己了。

连她都被自己说服，既然原本的暗恋已经被广而告之，还不如努力一把呢。

所有人都哑口无言。

"我也不介意你们说我啦，只不过声音能不能小一点，我听得一清二楚，这样就很尴尬了嘛。"许子心耸耸肩，摊手。

她刚要坐下，一眼就看到了倚着门框站着的应承。

好吧，尴尬的变成她了。

许子心默默地弯下膝盖，想要偷偷地坐回去，可屁股还没碰上椅子，就听到应承连冷淡都那么好听的声音："许子心，出来！"

许子心咽了咽口水，心里有些慌，也不知道他刚刚听到了多少。

她迈着小步往外挪，听到有人忍着笑在说风凉话："男神最讨厌这种人了，肯定会狠狠教训她一顿的！"

她走出教室的时候，应承正倚着栏杆，没有看她。

她挪到他身边，没好意思看他。

"伤好了？"

"啊？"她不明所以，抬头看他，反应过来，"好，好了。"

"去操场跑两圈。"

"什么？"许子心这回真蒙了。

"扰乱晚自习秩序，操场罚跑两圈。"他一本正经地看着她，一点都不像是在开玩笑。

许子心低头看了一眼贴着创可贴的伤口，决定否认到底："没，我的伤绝对还没好！"

他微微蹲身，撕开她腿上的创可贴，也撕开了她的伪装，瞥她一眼："还不去？"

她认命，撇着嘴转身跑下了楼。

分明就是公报私仇嘛！太过分了！

跑之前，许子心认真地想了想，特别帅气地把身上的外套脱了下来，轻咳一声，踮起脚尖披在了只穿着短袖T恤的应承的肩膀上，而后吼吼笑了两声："晚上天气凉，不要感冒了！"

她在心底给自己点了个赞：许子心，简直太帅了！

应承浑身一僵，抬手捏着衣服扔她脸上："你要穿着睡衣跑步？"

许子心低头一看，一阵闷雷在脑海中炸开：天了噜，她今天出门前洗了澡，因为穿的是运动服，拉链一拉谁看到里面穿什么，她就直接在里面穿了睡衣！

真是谜一样的尴尬。

她默默地把衣服套回去，嘿嘿笑一下，默默地跑了开去。

丢脸，至极。

许子心原本还想偷工减料，跑完一圈休息休息就上去，没想到应承就在操场入口处守着，她硬生生被逼回去，跑满了两圈。

她身体素质原本就不好，跑上八百米已经气喘吁吁快要晕倒了，扶着护栏大喘气，腰都直不起来。

"你……你该不会是因为帖子的事情，在报复我吧？"她双手撑着腰，气喘吁吁又忍不住问。

"什么帖子？"他倒像是毫不知情的样子。

许子心愣了愣，这倒也不是没可能，毕竟应该没人敢跟他说他上了论坛头条，也没人敢当面跟他八卦这种事情。

于是她想了想，还是打算别让他看到她那两张丑照了，仿佛自己什么都没说过一般："我是说因为打赌的事情。"

"你因为那个结痂的伤这么多天没参加早操，这只是惩罚。"

许子心理亏，不敢再反驳。

自从那天她去过医务室之后，就开始借口腿上有伤不参加早操多睡一会儿，这也是为什么伤口明明结疤她却依旧贴着创可贴的原因。

这下被拆穿，她就再也没有懒觉可睡了。

3

一个八百米把好久不运动的许子心给跑伤了，整个晚自习都趴在桌上没起来。

好不容易等到晚自习结束，萧潇扶着腿软的她回寝室："他还没走远，你要不要追上去多交流交流？"

"算了吧。"她有气无力，"我刚刚在他面前丢了脸，需要深刻反省一下。你说我怎么就那么不会追男生呢？怎么就能那么蠢呢？"

"你本来就蠢啊！"萧潇理所当然地说，"不过他对那个帖子到底是什么态度？你们刚出去那会儿，难道他就监督你跑了个八百米？"

许子心长叹一声："他根本就不知道帖子的事情，能有什么态度？"

"啊？"萧潇还想说话，眼神却正好扫到了一个身影，"唉，心心，这不是你高中同学嘛？"

楚凡捧着两本书，贴墙站着，也不知道等了多久，看到许子心也不说话，要不是萧潇忽然发现，估计就错过了。萧潇不打算打扰他们老同学聊天，先去楼下等了。

许子心倒是挺高兴见到楚凡的："你找我吗？"

楚凡自然看到了她一瘸一拐的腿："你上次摔伤，还没好？"

"啊，不是。"许子心知道他误会了，"刚跑了个八百米，你也知道我体育不好，也就高一那会儿运气好，运动会跑个一百米还一不小心拿了第二。我这是还没缓过来呢。"

楚凡点点头，低着头沉默了一会儿，才重新开口："学校论坛上的帖子，我看到了……"

许子心顿觉尴尬，只能庆幸楚凡并不知道她高中还曾经暗恋过他们共同的哥们儿，不然她的脸可就丢尽了。

她挠了挠头，都没好意思看他。

"你看到了啊，是不是把我拍得特别丑？"

"你没事吧？"

"我能有什么事儿，反正她们说的其实也没什么错。"她干干地笑了两声，"对了，你可千万别和高中那些同学说啊，尤其是阿珩，她最容易胡思乱想了，知道了肯定得担心我。"

楚凡点点头，犹豫着想说什么，却又忍下，几次三番都没能说出口。

许子心看得心里急："怎么了？还有什么事儿吗？"

"那个，帖子说你……"他顿了顿，"她们这么造谣，你要不要说说清楚？"

许子心终于明白他话里是什么意思："其实也不算造谣，我的确打算追他啦，这个也是秘密哦，不能和他们说，不然我肯定会被嘲笑的！"

"哦，哦……"楚凡尴尬地应了两声，"你没事就好，我就先，先走了。"说完匆匆转身就走了开去。

许子心有些摸不着头脑，不过也没在意，怕让萧潇等急了，连忙跑了下去。

回到寝室，许子心难得开了电脑，还打开了文档，毕竟要是不交大纲编辑大概就真的要爆她照片了。

可是文档开了许久依旧是一个字都没能写出来，她点开 QQ 页面，正好看到高中闺蜜苏珩也在线，连忙发了个视频邀请过去。

邀请好一会儿才被接受，出现在屏幕上的是苏珩那张巴掌大小的脸，满脸的抱歉："心心，我刚刚从卫生间出来，才看到邀请。"

许子心咧嘴笑："阿珩，我想你啦。"

苏珩已经坐了下来，听到许子心的话微微一怔，抿了抿唇，笑："心心，我也想你的呀。"声音已经带了点哽咽，

许子心沉默了好一会儿才继续说："你好像又瘦了，到底有没有好好吃饭？再瘦下去一场台风都能把你吹走了。"

苏珩捂着嘴笑："我最近在学攀岩，有点儿累所以可能又瘦了点。"

"攀岩？阿珩，运动真的能瘦吗？我又胖了啊……"她苦着脸。

还没等苏珩说话，萧潇已经来到许子心身后："我替你的阿珩回答你，运动的确能瘦，但我和你家阿珩这样的，属于基因问题，怎么吃都胖不了的基因，你羡慕不来哒！"

许子心气得转身抓住萧潇暴打一顿，这才重新看向屏幕。

苏珩脸上都是笑，见她回头，柔柔地说："真好，心心，你到哪里都能有那么好的朋友。"

许子心愣了愣："阿珩……"

苏珩那边传来声响，她匆忙说："我室友们回来了，视频先关了，我们文字聊。"

刚说完，她的脸就从屏幕上消失了。

许子心还有些没反应过来，屏幕上依旧是苏珩QQ的对话框，想打字，却不知道该写点什么。

苏珩是她高中时期最好的朋友，可现在她们各自上了大学，不再像之前那样朝夕相处，她身边又有了别的朝夕相处的朋友。

苏珩和她不一样，交一个朋友对于苏珩而言是太困难的一件事情，以至于到了没有她在的大学，苏珩身边就再也没有特别要好的女性朋友了。

许子心有点儿后悔，她知道苏珩不会嫉妒，可她知道自己让苏珩感到孤独了。

"对不起。"她想了许久只是发了这三个字过去。

苏珩发了一长段文字过来，想必早就已经在输入了。

"心心，你别多想，我只是替你觉得开心，因为无论在哪里你都可以让自己过得很好，当然，我也很羡慕你，也会小小地嫉妒一下你那个叫萧潇的室友。不过你不用担心我，也不用怕我生气你又会有别的好朋友，我知道我们会是一辈子的朋友的，就像我们曾经说过的那样，到老还给对方推轮椅的那种，对吧。"

许子心有点儿鼻酸，明知道苏珩看不到，却还是用力地点头，而后给她回："阿珩，我们一辈子都是最好最好的朋友。"

友情其实和爱情差不多，也会嫉妒，嫉妒你身边会有另一个更好的朋友出现；也会害怕，害怕自己于你而言终归会成为一文不值的过去。

萧潇见她好一会儿没动静，不免叫她一声："心心，怎么了？等会儿可就熄灯了。"

许子心"哎"一声，忽然问她："潇潇，你高中时候有特别特别好的朋友吗？"

"有啊！"萧潇眯着眼睛回忆，"我们也是一个寝室的，一起起床一起睡觉，寝室里一共有六个人，我和她最要好。可是她没在国内上大学，出国了，暑假之后我就没见过她。"

"我那会儿特别想和阿珩上同一个大学，可惜我成绩不好……"许子心叹道，"你不知道，阿珩她特别内向，身边肯定都没什么朋友。"

"之前我听别人说，高中时候的朋友会是一辈子的朋友，像你和你的阿珩，至少在一个家乡，总会遇到。你看我家那么远，等毕业之后我们分道扬镳，有可能这辈子都见不到了。"

许子心听得心里不是滋味："好了，别说了，听得我心里怪难受的。"

萧潇忍不住笑起来："还不是你先提的话茬。对了，心心，论坛那个帖子的热度还是挺高的，要不要找人给咔嚓啊？"

"咔嚓是什么意思？"许子心不明白。

"就是删了呗。"萧潇说，"老这么下去什么时候是个头，昨天不是还有人往你晒的被子上倒了水？把帖子删个一干二净，过几天大家也就都忘了。”

“这么技术性的工作谁会啊？”

萧潇把摇头晃脑一边听歌，一边对着男团照片流口水的老大叫起来：“老大，我记得你男朋友是学计算机的啊？能不能让他帮个忙，处理下心心的帖子啊？”

老大把耳机拿下来，应道：“应该可以的吧，我明天跟他说。”

4

没想到老大男朋友的效率还是挺高的，第二天中午吃饭的时候，许子心就发现帖子消失了，原本还有一些散帖，这会儿也一点影子都找不出来。

许子心搜索了一下，还就真的一丁点儿痕迹都找不出来，干净利落。

终于不用再纠结那两张丑得她自己都看不下去的照片，她心情格外好，回寝室之前还在学校超市买了点零食，准备犒劳一下老大。

寝室里大家都在，许子心进去之后就把零食一股脑都放在了老大桌上，俯首格外恭敬：“亲爱的老大，这是我的一片心意，请你一定要收下啊！”

老大正在看贴吧里男团的同人文，迷茫地抬起头来看她，有些不明所以：“什么？你给我这些干吗？什么心意？”

许子心嘿嘿一笑，推了一把老大的肩膀：“我们之间用得着这么客气吗？不就是论坛上帖子的事情，我去看了下已经删得一干二净了，还不要多亏你家亲亲男朋友！”

“啊，对！帖子！”老大这才反应过来，而后一把握住了她的手，满脸诚恳，“抱歉啊，心心，我把这事儿给忘了，我马上去跟我男朋友说！”

"纳尼？"许子心一脸茫然，"那论坛的帖子是谁删的？"

"已经删了？"

"对啊！"许子心连连点头，"我还以为你家男朋友效率那么高呢，搞半天不是他删的啊！"说着她连忙把那堆零食抱了回来，还好心留了点，"那你无功不受禄，我就意思意思啦！给你包薯片！"

许子心拆了一包蔬菜味的浪味仙，瘫在椅子上发呆："那帖子是谁删的？"

萧潇凑过来趁她不注意抢了一把零食："让我来帮你分析一下，学校里现在不把你当作敌人的还有谁？除了我们之外。"

"唔，刘原？楚凡？那些男生？"

"你觉得他们会帮你删吗？他们可是早就知道帖子的存在了。"萧潇给她一个眼神，"你在想想，还有谁？"

许子心眯着眼睛细想了一会儿："谁？"

"你傻啊！"萧潇推了推她的脑袋，顺便又抢了一把塞嘴里，含混不清地说，"除了你家男神还能是谁？"

"辅导员？"

"不然呢？他昨天才知道这件事情，今天帖子就不见了，你用你的脚指头想想都知道了好吧。"萧潇嫌弃她。

许子心有些不明白："可他为什么去删呢？这和他其实没什么关系。"

"这我就不知道咯，你想知道就自己去问他呀。他不是在班级群里？你难道还没加他 QQ？"萧潇干脆就把那包浪味仙全给抢走了。

被萧潇这么一提醒，许子心才想起来，自己光存了应承的手机号，居然忘了去加他 QQ。

她连忙打开了电脑上了 QQ，在班级群里找到应承，在验证信息里写了许子心之后就提交了好友申请，然后就开始心惊胆战等回复。

她顺便翻看了下应承的资料，居然什么都没有填，连头像都是系统自带的一个男性形象。

她正在默默吐槽，突然"嘀"一声，已经有了好友验证信息通过的消息。

她"耶"了一声，点开看，果然是应承。

许子心深吸了一口气，在对话框输入了又删掉，最后发过去短短一句话。

"辅导员你好，我是许子心！"

她莫名地紧张，下意识关掉了对话框不敢看。

"嘀嘀"声很快传来，他那个特别丑的头像在右下角闪着，她又是深吸了两口气才敢打开，却抬手挡在屏幕前，小心翼翼地张开指缝看。

他倒好，回得还真是简单。

就一个字，连个标点符号都没有，简简单单的一个"嗯"。

什么嘛！

许子心难免就泄了气，刚想继续给他发消息，他倒是又回了一条，这次进步了些，三个字："什么事？"

许子心撇撇嘴："论坛上的帖子，是辅导员你删的吗？"

"不是。"他停了一会儿才继续发，"朋友删的。"

还真的和应承有关。

许子心原本以为他不会理会那个帖子的，毕竟这事儿其实和他并没有什么关系，而且八卦版上关于他的帖子其实不少，他要是一一要删，估计得删掉一小半八卦版。

她难免就忍不住想入非非："谢谢辅导员！大恩大德，无以为报！"

结果他回："只要不是以身相许。以及，我只是不想再看到那两张扭曲的照片。"

啊……

他果然看到了。

许子心生无可恋，埋头狠狠抓了一把头发。

5

萧潇见她这个样子，忍不住问："怎么了？是男神删的不？"

"是啊。"

萧潇过来狠狠地捏了一下许子心的耳朵："那你还在这儿干坐着干吗？"

"啊？"许子心不解。

"他帮你删了帖子，你是不是应该谢谢他？"

"对啊对啊。"许子心连连点头。

"所以……"

"所以……"

萧潇想杀了她的心都有："你蠢不蠢，所以你现在应该买点东西，去寝室楼下把他约出来，然后送上自己的诚意并道谢啊！"

"对哦！"许子心恍然大悟，"潇潇，你好聪明啊！怪不得你有男朋友哎！"

"对你个大头鬼！还不快去！"

许子心匆匆跑出去，拿着钱包在小卖部停顿了很久。

应该买什么呢？

感觉应承应该什么都不缺，小卖部也就一些零食饮料，送给应承有点儿不合适。

许子心出了校门，校门口垃圾街除了吃的还有不少店，她随便进了一家书店，翻翻找找很久都选不好。

老板是一个五十几岁的老头子，这会儿店里没人就走到她面前问："你买点啥？"

"哦，我也不知道，想送给男生的。"

"男生啊……"

"对啊。"许子心点头，"不知道送什么好。"

"你跟我过来。"老板走到柜台里面，从抽屉里拿出一本杂志递给她，"送这个吧，保准他喜欢。"

"这是什么啊。"她想要翻看，却被老板一把按住。

"小女生不会喜欢的，男生才会喜欢的啦！"

许子心看着封面人物在打篮球，恍然大悟："噢……体育杂志吗？"

老板摆摆手，不再多说："买吧，你要送的人绝对喜欢。"

许子心抱着杂志到了应承寝室楼下，掏出手机给他打了个电话。

他倒是马上就接了："什么事？"

许子心抿抿唇，暗自呼出一口气来："我在你寝室楼下，有事想当面和你说，你可以下来一趟嘛。"

好在应承没有拒绝，她在一旁的树底下等了没一会儿，他就出现在了寝室楼门口。

他穿着简单的白衬衫，眉眼淡淡的，扫了一眼就看到了许子心的样子，慢慢朝她走过来。

许子心看他那样子差点儿心脏炸裂，好不容易才缓过神来，他已经来到她面前，微微低头看她："怎么了？"

许子心做好心理准备才猛地抬头，笑："那什么，你不是帮我把帖子删了吗，我是特地来道谢的。"

"以身相许？"他说，唇角有不那么明显的扬起，"我说过了，我谢绝。"

许子心尴尬得满脸通红："不是。"说着把那本杂志塞到他怀里，"这个，送给你。"

应承有些意外，随手翻开一页就怔住，无法克制地扬眉："许子心，你知道这是什么吗？"

"啊？"许子心莫名，"体育杂志啊！"

应承顿了顿，决定不跟她一般见识："东西我也收到了，还有什么事吗？"

"那你喜欢吗，这份礼物。"

应承咬牙切齿："喜欢。"

许子心"耶"一声，欢快地跑开了，跑了几步还回头朝他摆摆手："你喜欢就好啦，我下次再给你买！"

应承想了想，还是大步追上去，挡住她的去路。

"哎，怎么了？"许子心有些小羞涩，红着脸不敢抬头。

"我下次并不怎么想收到这种杂志。"应承说完，转身就走了。

许子心看着他的背影，好一会儿都没反应过来："哎……不是说喜欢吗？"

许子心去天涯更新了一段糗事，顺便本着求知好学的精神，询问了一下大家对于应承收到礼物却这个表现的看法。

——妹子，根据你所描述的书店老板的反应以及我多年的经验，我百分之九十九点九可以断定，那并不是一本体育杂志，而是一本那啥那啥的杂志。

——楼主节哀顺变。

许子心忽然就明白过来了。

亏她之前还写小黄文呢，天哪，她居然会做出这种事情来！

不用活了！

6

今天下午篮球队正好有训练，刘原给了线报说应承绝对会去。

许子心有点儿尴尬，不知道该怎么面对应承，为了挽回一点颜面，她在去之前打算好好打扮一番。

寝室里萧潇算是最会打扮的那一个，她在许子心的衣柜里翻了好一会儿，终于找出一套衣服，白衬衫配牛仔长裙，再加上一件暗红色的毛衣开衫，穿着倒是很显瘦。

萧潇满意地上下看了看："不错，对了，要不要化个妆？"

"化妆？"许子心震惊，脑子里出现的是高中时候她和朋友们在家里拿阿姨送的化妆品把自己化成熊猫的样子，连忙摇头。

"你得相信我的化妆技术！"萧潇拍她的肩膀，"一切都包在我身上！"

萧潇爱漂亮，护肤品和化妆品桌上摆了一大堆，和只用儿童面霜的许子心有着本质上的区别。

萧潇在她脸上摆弄了许久，像极一个专业化妆师："你不知道，心心，其实我以前的梦想是当化妆师，可惜被我爸威逼学了工管。空有一颗当化妆师的心，也就只能在你脸上表现一下了。"

终于化完，她把镜子拿到许子心面前："怎么样？是不是挺好的？"

的确挺好的。

萧潇化的妆不浓，除了打底之后主要就是化了眼睛，她眼睛原本就大，化好妆之后更显得一双眸子水灵灵的。

"真漂亮。"萧潇得意。

许子心也觉得不错，可是不知道为什么有点儿不安："潇潇，我跟你说，每次我把自己拾掇漂亮一点的时候，就总是会倒霉。"

萧潇给她加油打气："呸呸呸，说什么不吉利的话。快去吧，别迟到了，记得，用你的美貌征服他！"

许子心到篮球场的时候，大家都已经到了，正好聚在一起聊天。

她一眼就看到了离他们比较远的应承，他在打电话，眉心微微蹙着，倒像是遇到了什么麻烦。

面对这么多男生，许子心忽然就有些不好意思过去了，虽然萧潇说篮球队的男生都是直男，绝对看不出她化了妆，但是她总觉得别扭得要命。

刘原看到她，招呼："许子心，来得挺准时啊。"说着顿了顿，"哎，你今天，穿得挺漂亮啊！"

完蛋！果然被看出来了。

她更加不敢抬头，呵呵笑了两声："不是和平常差不多嘛。"

刘原靠近她，抬手就揽住她的肩膀："差不多什么呀？明显有女人味儿啊，怎么？特地穿给学长看的？"

她抬脚，狠狠踹向他的腿："要你多嘴？"

刘原还委屈："我都给你提供情报了，开开玩笑都不行。"

许子心偷偷摸摸抬眼看向应承，见他打完电话要过来了，连忙把刘原推到一边："早就警告过你，不要动手动脚的。"

刘原朝她龇牙咧嘴："你这是卸磨杀驴！"

应承终于走近，许子心又想抬头又不敢抬头，纠结了许久收着下巴小心翼翼地看他一眼，照例露出笑："辅导员你好！"

"来了。"他随口应一声，而后就对队员们说，"我打完电话了，练习吧。对了，等会儿我有事要早点儿走。"

许子心沉浸在他的声音里，等他们一哄而散去打球了，这才反应过来，哎？刚刚应承好像说要早点儿走？

她坐下来，拿出手机对着屏幕看了一下特地为他化的妆，长长地叹一声，一把将脸捂住，还不如安安分分做她自己呢。

原本不过是训练而已，后来有个其他系的篮球队也过来打球，两个队干脆就打起了比赛。

刘原他们所在的是校篮球队，是其余篮球队一直羡慕并格外想打败的对象，所以好不容易有了机会，他们便格外拼命，生生把一场友谊赛打成了竞技赛。

许子心虽然看不大懂，也不免起身，有些紧张。

果然，他们打得太猛，也不知道是故意还是无心，篮球猛地砸向刘原的脑袋，他被狠狠砸了一下之后往后倒了下去，捂着脑袋起不来。

比赛中止，众人一拥而上将刘原扶了起来，那个罪魁祸首是对方篮球队的队长，耸耸肩一笑："实在是对不起，一时手滑，我们还有别的事，就先走了。"说罢逃之夭夭。

众人拿他们没办法，只好把这口气咽了下去，先将刘原扶到一旁坐下。

许子心连忙将折叠凳打开让刘原坐，他倒是已经缓了过来，摆手："我没事儿，就是有点儿晕。"

许子心看一眼刘原的额头，已经有了明显的红肿，倒是没什么其他的症状。

"去医务室。"应承直接下了命令。

刘原却死活不肯："平常也不是没被砸过，就肿了点儿，连皮都没破去什么医务室，拿冰袋敷一下就行了呗。"说到底是觉得被人用篮球砸了已经够没面子了，不想为了这么点小伤去医务室更丢脸。

7

篮球队有个存着冰袋的冷藏箱，只是今天刚巧就没有带出来，许子心自告奋勇回体育馆去拿，毕竟这原本就是她这个后勤该做的事儿。

体育馆倒不是很远，许子心跑回去拿到手就匆匆往篮球场赶。

篮球场还真是热闹，隔着这么远都能听到围在那里的女生时不时一阵尖叫。

她刚想走快一些赶过去，面前却忽然出现一个女生，微微仰头看着她："许子心？"

许子心并不认识她，有些莫名："我是，你是哪位？"

女生化了浓妆，一头栗色的头发散在身后，已经是深秋却还穿着单薄的连衣裙，虽然长得不错，但这不可一世的表情实在让人没什么好感。

女生抱着胸冷哼一声："还真跟照片里差不多，这么丑也敢放话要追我们应承？"

原来又是一个应承的脑残粉。

这段时间以来，许子心已经全方位地感受过那张帖子的毒害，骚扰电话和短信不说，甚至有人往她的寝室里送小强，最可怕的是上次有人把水倒在了她放在外面晒的被子上，害得她只能和萧潇挤了一个晚上。

许子心挤出了一丝笑容："这应该和你没有什么关系吧？你要是想追就也去追咯，大家各凭本事呀。"

"你！"女生咬牙，"不要脸。"

许子心没心情和她纠缠："如果你没别的事，那我可就先走了，我还有事儿呢。"

她绕过那个女生往前走，才走了两步就又被叫住。她有些无奈，回身："你还有……"话还没说完，她便下意识地闭上了眼睛，倒吸了一口气。

水流从头顶一冲而下，流过她特地卷翘过的睫毛，淌过她的脸颊和唇瓣，从她的下巴落下。头发也湿透了紧紧地贴在头顶，她看不到自己的样子，不过应该是糟糕透顶了。

那个女生嗤笑一声，把手里空了的矿泉水瓶狠狠地捏住，一阵难听的塑料声响之后是她在说话："让我给你清醒一下吧！你这样的人有什么资格去追他！"

许子心抬手在湿漉漉的脸上捋了一把，这才睁开眼睛，居然还有空看了一眼矿泉水的瓶子，是农夫山泉。

她这才冷冷地瞧着女生："那你呢？你以为你这样的人就有资格？你这种人，只会在他背后做这样的事情。他绝对，绝对不会喜欢你这种人的。"

她转身就走，那女生还在她身后叫嚣："你以为他能喜欢你？做你的春秋大梦！"

许子心知道现在的自己肯定很糟糕，果然啊，每次她把自己拾掇漂亮一点的时候，就总是会倒霉。

她依旧记得高二的那个五月，那个时候她暗恋她的好哥们，犹豫不决许久才终于打算告白，还特地趁着周末破天荒去理发店做了个一次性的卷发，因为大家都说她卷发比较好看。只是告白的话都还没能说出来，她却发现他早已和自己的好朋友在一起了。

那天偏偏还下起了大雨，她回家之后对着镜子看过，一次性的卷发被淋湿之后简直难看得要命，头发一丝一缕地贴在脸上，没有比那更落魄和难堪的一天了。

许子心抱着冷藏箱，低头匆匆跑向篮球场，挤进人群中将东西放到刘原身边，依旧垂着脑袋，闷声说："冰袋在这里，我有点儿事要先走了哈。"

刘原"哎"一声："你头发怎么了？这点时间还去洗了个头？哎，你衣服也湿了？"

许子心不敢回头，匆匆跑开。

应承刚好下场，正好看到许子心弓着腰跑开的背影，沉默不语。

刘原拿冰袋敷上自己的额头，"嘶"了一声、随口说："你不觉得刚才许子心有点儿奇怪吗？就去拿了个冷藏箱，居然把自己头发都给弄湿了，还说有事要走，她特地打扮了难道不是给你看的吗？这会儿走什么走？"

应承弯腰将扔在一边的外套拿起来，挽在手臂上："我也先走了，公司有事。"

"学长，怎么你也走啊？"刘原叫。

"你不是想上场？"应承拍拍他的肩膀，"悠着点儿，小心自己的脑袋。"

刘原瘪了瘪嘴："你也欺负我，学长……"

8

许子心低着头匆匆往寝室走，顺便抬手将额边垂下来的两缕头发丝别到了耳后，她庆幸刚刚在篮球场的时候应承没见到她这副狼狈的样子。

眼前不知道什么时候多了一双脚，她没抬头，往旁边走，没想到那双脚却又跟着她的步伐来到了另外一边。

她就不信邪，又往另外一边挪，他居然又跟过来。

许子心难免就怒了，猛地抬起头来，刚想说话，所有的声音却在看到那人的一瞬间销声匿迹。

她抿抿唇，从一开始的不敢置信到突然醒过神来，意识到自己这会儿的脸应该有多糟糕，连忙重新垂头，声音低得像是蚊子在叫。

"辅导员，你不是在打篮球吗？"她笑。虽然我很想撩你，但我这副鬼样子真的不适合见你啊辅导员！

"嗯。"他应了一声，显然并不想解释他这会儿为什么会在这里。

倒是许子心给他找借口，他刚刚的确是说有事要先走来着，所以在这里遇见应该也不算什么意外的事情吧？

许子心酝酿了好一会儿："那个，杂志的事情，我……"话还没说完，眼前却忽然一片黑，她脖子沉了沉，是什么盖在了她头上。

她抬手把盖在头上的东西拿了下来，居然是应承的衣服。

可眼前那双脚却已经不见了踪影。

她转身去看，应承已经走了两米远，身上依旧穿着打篮球时穿的背心，看着就觉得冷，他却像是什么感知都没有一样。

许子心想追上去把衣服还给他，可脚迈了一步又停住，她低头呆呆地看着手里的衣服，忍不住笑了下。

刚刚那瓶矿泉水把她的衣服也弄湿了，她里面穿着白衬衫，这会儿湿透了紧紧贴在身上，冷不说，还难受得要命。

她小心翼翼把衣服抖开，披在身上，拢紧了，这才大步往寝室走去。

许子心回到寝室的时候，所有人都没在。她来到厕所，一眼就从镜中看到了自己的样子，比高中时候的那个她更加落魄。

头发湿漉漉地黏在脸上，睫毛膏一点儿都不防水，在她的眼睛底下留下黑乎乎的印记，她捂脸，一想到这个样子被应承看到了就欲哭无泪。

她学着萧潇平常卸妆的样子将脸上乱七八糟的化妆品都卸干净，洗了把脸又把衣服全都换掉，这才觉得活了过来。

许子心重新站在镜子面前，拍了拍脸，深吸一口气，果然，这才是她啊。

把自己收拾好了，她这才坐下来将应承的衣服捧在怀里看。

　　应承平常在学校都穿得比较休闲，扔给她的这件也是普通的黑色卫衣，她忍不住把脸埋进衣服里，满满的都是他的味道，清爽又舒服。

　　许子心总不能直接把衣服就这么还回去，她连忙起身把洗衣盆拿了出来，倒了点洗衣粉洗了起来，比洗自己衣服的时候认真多了。

　　萧潇哼着歌回来的时候，正好看到许子心倚在阳台门边，微微仰着头看着外面，也不知道在看什么。

　　"心心，你怎么这么早回来了？我还以为你又要跟他们去吃饭呢。"萧潇换了拖鞋，踢踏着走了过来，"衣服也换了？出什么事了吗？"

　　"没什么。"许子心咧嘴笑，"我不小心把水弄身上，就赶紧回来换衣服了。"

　　萧潇"哦"一声，顺着她刚刚的视线仰头看去，一眼就看到了挂在晾衣竿上的那件黑色卫衣，看这大小就是男生的。她嘿嘿笑："哟，这衣服是哪儿来的？莫非……"

　　许子心挑挑眉："恭喜你，猜对了！"

　　"看来你这衣服湿得值啊，不错啊心心。"萧潇坐在椅子上，打开美男重看起来，又剥了个橘子吃，"对了，我刚在路上遇到班长了，说打你电话你没接，让你给她回个电话。"

　　"干吗？"许子心满脸戒备。班长叫莫雨露，也是应承的脑残粉，自从帖子事件之后就一直看她不惯，还给她使绊子。

　　萧潇塞了一瓣橘子在她嘴里，看她被酸得皱眉就开心："我怎么知道，不过大概和校庆有关系吧，最近老听她念叨这件事情，总不至于是要为了应承和你单挑吧。"

　　不管是校庆活动还是要和她单挑，许子心都不那么感兴趣，于是就把这件事情抛到了脑后，哪里还记得要给她回电话。

9

今天晚自习的时候应承没来，许子心怕莫雨露找她就早早地拉着萧潇溜了，两个人享受了一把没有晚自习的自由，找了个 KTV 去唱歌。

两人去寝室找了个最大的包，去超市买了一堆零食装进去，这才去了钱柜。

萧潇在点歌，许子心就大剌剌坐在沙发上把零食一一拿出来，两人轮流着唱歌吃零食，玩得不亦乐乎。

高中那会儿从来都没被钱柜服务员发现过她们自带零食，她们也就有点儿有恃无恐，没想到吃得正欢呢，就有人敲门进来，一眼就望见了桌上那一堆明摆着不是在钱柜买的零食。

许子心嚼了一下嘴里的薯片，偷偷地把包往身后挪了挪。

零食都被带走，许子心还不死心，跟着服务员说了一大堆的好话，最后趴在前台装起了可怜，不过全都不奏效。

前台妹妹礼貌地笑着："不好意思，我们店里有规定，不能外带食物的，您可以在离开的时候来前台把东西取走。"

许子心叹一声，好在萧潇包里还留了点儿，刚想回去，却听到身后一个熟悉的声音叫她："许子心？"

许子心浑身一凛，就算她听不出任何人的声音都不可能听不出他的声音，不是应承还能是谁？

她逃晚自习不说还来 KTV，被抓个正着还不完蛋？

她咽了咽口水，打算当作什么都没听到，抬手遮住脸，匆匆往外跑。

她怎么可能跑得过应承，还没跑到电梯口呢，后领就被人一把抓住，她再也没办法往前跑一步，只能紧紧地捂着脸当自己不存在。

应承把她转过来，终于确认就是她："许子心。"

许子心避无可避，抬头，笑着打招呼："辅导员，看来我们真的很有缘啊，在这里都能遇到呢！可见我们注定是要……"

"现在难道不是晚自习的时间？"应承才不管她，"你怎么会在这里？"

她终于撑不下去，明白这种时候还是得把道歉作为第一要务，乖乖低头，格外诚恳："对不起，辅导员，是我错了，我不该逃晚自习到KTV来！"

"你一个人？"他问。

她想了下包厢里的萧潇，用力点头："我一个人。"

"带我去包厢。"

她拼死抵抗："我以被没收的零食发誓，真的就我一个人，我马上就回去继续上晚自习，下次再也不敢了！"

应承还要说话，不远处忽然有人叫他的名字，许子心也听到了，微微皱眉，因为叫他的是个女人。

许子心顺着声音传来的方向看过去，有个女人正在缓缓走来，穿着一身职业装，看上去格外成熟又有魅力。

她已经来到他们面前，眼神淡淡地从许子心身上扫过，而后看向应承："怎么了，认识的人？林总等久了。"

应承轻轻应一声，忽然抬手搭在许子心的肩膀上，重新开口："郑昕，许子心。"

许子心被他的手搭着肩膀，整个人都有点儿蒙，好一会儿才意识到他居然是在介绍，连忙点头笑着打招呼："你好。"

郑昕却一点儿要和她打招呼的意思都没有，依旧看着应承："我先回去，你快点儿过来。"

应承无谓地点点头。

郑昕转身走开，许子心眼睁睁地看着她的背影，格外羡慕她的高贵冷艳。

应承的手从她的肩膀上挪开，轻轻拍在她的脑袋上："你马上和萧潇回学校。"

"啊？哦。"许子心反应过来，"你怎么知道萧潇也……"说完就想打自己嘴巴，真是蠢到家了。

应承也没打算戳穿她："我先走了，你们马上回去。"

许子心哪敢说不。

"我知道了。"想了想，她又加一句，"那个杂志的事情，我真的……"

"不许再提杂志！"应承转身走了一步，忽然停下来回头看她一眼，"你还是这个样子比较顺眼。"

许子心有些莫名，等他消失在视线里才醒悟过来他是什么意思，忍不住咧嘴笑了开来。

郑昕在包厢门口等应承，应承见到她轻轻点头，就想开门进去。

郑昕挡在他面前，仰头看他，唇角微微一扬："原来你的取向是那样的，我一直以为你的眼光很高。"

"郑总。"应承看她，淡淡说道，"这是我最后一次处理公司的事情，其他手续已经办好了，这个公司已经属于你了。"

郑昕最讨厌他这副满不在乎的样子："为了摆脱我，你甚至连一手办起来的公司都不要了？应承，你够狠。"

"既然你想要公司，那你就把公司拿走，以后公司的事情和我再也没有任何关系。"

承和是他一年多前同穆和一起办起来的公司，发展得很好，只是穆和在这个学期去了美国留学，把郑昕找来进了公司，一切就开始变得不一样了。

他厌恶郑昕公私不分的穷追不舍，连带着开始讨厌这个他自己一手创办的承和。

这个世界上只有他想要的和不想要的，既然不想要了，那就毫不吝惜。

郑昕又拉住他的胳膊："我再问最后一件事情，刚刚那个女孩子，不是你的女朋友，对不对？"

应承脑海里忍不住出现刚刚许子心说他们真的很有缘的样子，眼神忽然变得温柔。他抬眸，定定地看向郑昕："她是。"

/第三章/

WO
ZAIDENG
DENG FENG
DENG
NILAI

我说喜欢你，是真的喜欢你

▲

2009 年 12 月 9 日，《风云 2》全亚洲同步上映。

2009 年 12 月 16 日，《阿凡达》在北美上映。

2009 年 12 月 19 日，全国大学英语下半年四六级考试。

2009 年 12 月 26 日，NBA 圣诞大战，骑士 VS 湖人。

2009 年的圣诞节，她笑着对应承说：我是真的喜欢你。

1

许子心和萧潇回到学校的时候，晚自习还有二十分钟就结束了，两人干脆就直接回了寝室。

许子心抱着还剩了一大半的零食瘫在椅子上："潇潇，你说，我刚刚看到的那个郑昕是他的谁呢？"

萧潇打了个哈欠："没听说过这个名字啊，你不是说她挺成熟的？估计应男神公司的吧，他对那个女人怎么样？有没有不一样？"

许子心歪着脑袋想了想："没有吧，还是那样冷冷的，好像就说了林总等着什么的。"

"那就别担心了，估计就是公司伙伴吧。"萧潇甩甩手，拿出一本英语四级真题打开，"今天已经解过压了，我得刷点四级题了。"

"对哦。"许子心恍然，"四级什么时候？我都快把这事儿给忘了。"

"下个月19号，准确来说已经不到一个月了，亲爱的。"萧潇往耳朵里塞了耳机，"我做一套题，你别吵我。"

许子心忍不住抓了一把头发，她被应承迷昏了头，居然连四级这么重要的事情都忘了。她也找出真题，结果刚打开卷子就觉得困到不行，干脆拿出手机刷天涯帖子。

帖子里还挺热闹，有人在鼓励她追男神，有人在嘲笑她送错礼物，还有不少人都在呼唤楼主回归想知道后续。

——楼主已经24小时没有出现了，再不出现我就要打110啦！

——莫非楼主送了那啥那啥的杂志之后生无可恋，打算太监了吗？

——楼上乌鸦嘴！我还等着后续呢！

——LZ快回来，嗷嗷待哺等八卦中。

许子心把今天遇到的事情都发了上去，顺便说："不要担心，LZ有着一颗格外坚强的心，不过一本那啥那啥的杂志，还不至于就此投降。不过女神Z又漂亮又有魅力，担心男神会喜欢她啊，大家觉得呢？"

大概不少人都在刷帖子，她刚刚发布，就有了不少回帖。

——楼主终于回来了！哦耶！

——我没看错吗？楼主居然更新了！不过 Z 是什么鬼？

——根据我的判断，既然 Z 又漂亮又有魅力，现在却还不是楼主男神的女朋友的话，基本以后也没什么可能了！

——楼上正解，要想喜欢早就喜欢了，干吗等到现在啊？

——楼上正解 +10086。对了，摸摸楼主，学校里总会有那些莫名其妙的女生，自己不敢追还看不得别人追，楼主加油！看好你！

——楼主回学校之后记得要给男神发短信报平安呀！J 情就是在你来我往的短信中产生的好嘛！

许子心看得心头一动，寝室门刚好被人打开，老大和老二回来了，老二还在大声唱着"sorry sorry"，许子心连忙抬头嘘了一声："潇潇在做英语题。"

老二了然地闭了嘴，压低声音说："我个英语系的也没潇潇那么认真。"

"你懂什么。"老大"喊"一声，"人潇潇男朋友可是 J 大的，不努力点赶不上怎么办。"

老二感慨一声："J 大啊，我梦寐以求的 J 大！"

"我闺蜜也在 J 大呢！高考考得特别好！"许子心拍拍胸脯，格外与有荣焉。

老二推了一把她脑袋："那你还不赶快去做题！别到时候连四级都过不了。"

许子心撇嘴："我知道啦！"

说是要做题，才刚做了两题她就想到刚刚那条评论。

短信……

许子心摸出了手机，酝酿着编辑了一条短信："辅导员，我到学校啦！今天的事情我知道错了，下次保证不再犯！你还在钱柜吗？"写完还在后面加了三个笑脸，这才发送了出去。

老大、老二在轮着洗漱，许子心无事可干就继续做起了英语题，只是每做一题就忍不住点开手机看一眼，轮到她用卫生间的时候居然还没收到消息。

她将手机倒扣在桌面上，这才拿了毛巾去卫生间洗脸刷牙。

刷牙的时候她也忍不住探出头来听声音，手机在桌面上忽然振动，她浑身一凛，也顾不得自己满嘴的泡沫，连忙跑出来拿起手机，解锁，点开短信。

"尊敬的客户：您好，截至 2009 年 11 月 28 日，您的手机实际可用余额已少于 10 元……"

许子心咬牙，猛地把手机扔在了桌上，这才号叫着走回了卫生间。

老大震惊地将视线从许子心身上挪回来，叫了一声萧潇："她今天是怎么了，受什么刺激了？"

萧潇耸耸肩，一脸的无谓："陷入爱情的女人！"

等洗漱完毕，许子心从卫生间出来，率先给手机充了一百块钱话费，然后又不死心地点开短信界面，里面真的干干净净一条未读短信都没有，她终于放弃，打开电脑听了一会儿英语听力。

男人可以追不到，英语四级却不能过不了啊。

做完一套考卷的听力也差不多到了睡觉的时间，许子心先把手机扔上床，这才抬腿踩上冰冰凉凉的爬梯，她倒抽一口冷气："冻死人，我感觉我脚底都能脱一层皮了。"说完几步冲上去，把脚放在被子里捂了好一会儿。

萧潇在她对面笑："你明天学我，把不穿的衣服绑上去不就行了，还不是你自己懒。"

许子心应一声，从被子里找出手机。

手机刚握到手里就忽然振动，她已经不抱任何希望，随手打开看一眼，而后眼睛都亮了起来。

短信是应承发过来的。

简简单单，风格很应承。

"明天写 2000 字的检讨书。"

许子心整个人扑在了床上，一脸的生无可恋。

她深吸一口气，打起精神，回消息："我当面检讨不行吗？"再加几个委屈的表情。

这次短信回得很快。

"5000 字的检讨，明天晚自习交。"

许子心不敢再讨价还价，乖乖地套上外套下床。

"心心，你不是刚上来？下去干吗？"萧潇把脑袋从被子里探出来。

"写检讨……"她有气无力，"5000 字的。"

"男神让你写的？"萧潇本来已经坐起来，干脆又躺了下去，"那你就加油吧！5000 字对你来说小意思嘛。"

5000 字的小说对她来说的确是小意思，可是 5000 字的检讨书……

许子心表示压力很大。

她写高考作文的时候都没那么认真。

许子心好不容易写了 4000 字，实在写不下去了，室友们也都要睡了，她保存了一下之后便爬上了床，抱着自己冻成冰块的脚睡了过去。

2

第二天中午许子心又坚强地打开了文档，写完 5000 字之后传到了 U 盘，去学校打印店打印出来，这才算是有了点底气。

她难得晚自习到得早，教室里没几个人，萧潇不肯坐前排，许子心千求万求才拉着她坐到了第二排。

两人刚刚坐下，班长莫雨露就进来了，她直接走到许子心面前坐下，放好东西便回身叫了她一声："许子心，你有时间吗？我有事想和你说。"

许子心一怔，这才想起莫雨露从昨天就开始找她了，这会儿跑也跑不掉，干脆咧嘴笑了笑："什么事啊？"

"明年是我们学校百年校庆你知道的吧？"莫雨露伸手推了推往下滑的眼镜，一脸认真，"学校打算元旦活动举办得隆重一点，每个班都要出个节目。"

"所以呢？"

莫雨露撇了撇嘴，满满的都是对她的不屑："开学自我介绍的时候，你不是说你会弹钢琴嘛，我们班委已经把节目决定好了，就差一个会弹钢琴的了。"

许子心有些恍惚，不免想到高中那会儿，也是在学校的活动上，她和苏珩还有周世嘉一起上台表演节目，演奏的是《天空之城》，演出结束之后他们还收获了一批粉丝。

莫雨露见她不说话，还以为她不同意，冷哼一声："拽什么拽，要不是班里没人会弹钢琴，你以为会找你？"

许子心还没回过神来，还是萧潇没忍住："莫雨露你什么意思，心心说什么了你就说这种话？"

"我说错了吗？"莫雨露嗤道，"就知道追辅导员，别的事情你哪件放在心上了？这次的校庆活动可是有关班级荣誉的。"

许子心被她吼得有点儿头疼："你这么激动干吗？我说我不去了吗？还有，你自己喜欢辅导员不敢追，干吗怪我？"

"你……"莫雨露瞪大了眼睛。

"我也没有说错啊。"许子心无奈，"你不就是因为辅导员的事情，所以才看我不顺眼的吗？"

莫雨露哼了一声，不想再和她说话，转回身去，顿了顿又转过头来："需要练习的时候会叫你，希望你能按时过来。"

许子心冲着她的后背做了个鬼脸，愈发怀念高中那会儿格外融洽的班级氛围了。

萧潇小声问她："你干吗答应她？她都那样说你了。"

"我这叫体谅班委，她说得没错，这事儿和班级荣誉有关，我要是不管不顾就拒绝了，又得被他们骂死了，再说就是弹个钢琴而已嘛，我的手感还是在的，稍微练习一下就能找回来了！"许子心得意地挑了挑眉。

今天应承没有缺席晚自习，早早地就来了。

许子心把夹在书里的检讨书拿了出来，还没来得及起身，莫雨露已经拿着课本上去了。

萧潇拿胳膊肘捅了捅许子心的腰："你看看人家的速度！"

"我甘拜下风！"许子心嬉皮笑脸，结果一抬眼就看到应承抬眸朝她这边看过来。

她的笑容僵在嘴角，一点点收拢，蓦地低下头，盯着一个英语单词看了很久，这才小心翼翼地抬起眼睛看过去。

应承在听莫雨露说话，她隐约能听见是在讲校庆的事情，果然，下一秒，她的名字就从莫雨露的嘴里蹦了出来。

应承的眼神又朝她扫了过来，她连忙低头乖乖做看书状。

莫雨露终于下来，坐下来之前还特别幼稚地朝许子心哼了一声。

许子心才懒得理她，连忙拿起检讨书起身冲了上去。

等站到讲台旁，她才忽然觉得尴尬，轻咳一声把手里的检讨书递了过去。

应承瞟了一眼她的检讨书，却没接，反而起身往教室外走去。

许子心在原地愣了愣，这才反应过来，连忙追了上去。

应承走到转角楼梯处才停下来，这会儿大家都在晚自习，倒是一个经过的人都没有。

许子心又把检讨书递过去，尴尬地笑："5000字的检讨书，辅导员请笑纳。"

他应了一声接过去，随意瞟了两眼忽然笑了一声。

许子心尴尬地舔了舔干裂的嘴唇，还没能说上什么，他已经把检讨书拍到她面前，开口："你要是能把这功夫用在学习上，现在应该就在J大了吧？"

许子心当然明白他在说什么，她写检讨的时候在第一页写了一句藏头话，想约他一起吃饭，就他们两个，单独的。

不过她不服他的那句话，低头嘟囔："你不也没去J大嘛。"

"嗯？"

许子心抬头，眨了眨眼睛，特别纯良无辜："那辅导员，你答不答应？"

应承没直接回答，反问："你高考英语几分？"

许子心脸一红："干吗？"

"几分？"

"一百……"她的声音是从牙齿缝里挤出来的，她英语本来就一般，高考也没发挥好，直接考了历史最差，查到成绩的时候她还想，要英语是百分制的，那可就好了。

应承忍不住轻笑了一声，许子心更加难堪，刚想说什么反驳一下，他出声："如果你能过了四级，我倒是可以考虑一下。"

许子心一怔，蓦地瞪大了眼睛，忍不住伸手抓住了他的胳膊："真的吗？你没骗我吧？你这可是答应了啊，不能反悔的！"

应承一时间没说话，下意识地低头看向她抓着他胳膊的手。

她的手和她的人一样，白白的、肉乎乎的，关节圆润，弯起来的样子还有点儿像白馒头，他不免有些恍惚。

许子心没听到他回话，顺着他的视线低头看去，连忙把手松开来，而后藏到身后，有些难为情，想跑，又还是忍不住停下来说："反正我们说好了，要是我过了四级，我们就一起吃饭，单独的！"说完，"耶"一声欢快地跑了回去。

应承有些无奈地摇摇头，低头又看一眼她写的检讨书。

整个把检讨书写成了小说，就差来段感情戏了。

3

许子心觉得自己连高三那会儿都没这么认真学过英语，在背英语单词的时候甚至还幻想了一下，如果应承在高三就出现了，她会不会高考分数上涨几十分，那她可就都能去 J 大了。

不过也就只是想想而已。

为了近在咫尺的英语四级，篮球队那边她也请了假，但是莫雨露太不好搞，成天到晚叫她去练习，不过就是伴奏而已，她去了几次就已经弹得很熟练，也不知道莫雨露干吗要一次又一次叫她去练习。

好不容易熬到了 19 号，早上七点她就醒了，捧着本真题看。

萧潇忍不住失笑："等会儿就要考试了，你临时抱佛脚还有用？别看了，放松一下。"

许子心蓦然抬起头，忽然问她："对了，四级成绩什么时候出？"

"还没考试呢就想着查成绩。"萧潇说是这么说，还是拿出手机算了一下，"应该是 66 天之后出成绩，三月初吧。"

许子心忽然哀号一声："完了，我被耍了！"

和应承约好这件事情，除了在天涯帖子里说起之外，她连萧潇都没说，所以萧潇有些莫名："怎么了？"

许子心把这事儿说了出来，而后把真题册蒙在脸上，一脸的绝望："你说我怎么这么蠢？"

萧潇哈哈大笑："我说呢，你怎么对四级这么看重，原来是这样。反正来日方长，加油吧少女。"

许子心咽不下这口气，想了想还是拿过手机给应承发了条短信，问他在不在学校里。

他回："在，什么事？"

许子心下床洗漱换衣服，顺便把考试的东西理好带上，和萧潇说了一声就先出门了。

等到了男寝室楼下，她才给应承发消息，发完之后却忽然有点儿后悔，可是又不能落荒而逃，咬咬牙继续等在楼下的大树边。

12月的天气已经很冷，这会儿又还早，太阳还没完全升起来，许子心怕冷，忍不住跺了跺脚，抬手把外套自带的帽子戴了上去，顺便缩了缩脖子，这才觉得稍微暖和了一些。

应承倒是下来得很快，这么早他居然已经洗漱好了，只是一时之间没能认出许子心来，四下看了看，这才发现人，眼睛微微一眯，双手插在口袋里，慢悠悠地走了过来。

应承穿得不多，这么冷的天气也不过是一件T恤外面套了外套而已，他身材精瘦，这样看起来格外单薄。

许子心看着他缓缓走来的模样，一时间有些恍惚。

他脸上分明没什么表情，眉心还微微蹙着，她却听到一直处于宕机状态的心脏猛然加快跳动。她深吸了一口气，忽然有种高中时好不容易鼓起勇气想和暗恋对象告白的悸动。

不，比那个时候还要心动。

或许是那时候年纪太小，感情这种事情没那样深刻，喜欢他也不过可能因为他正好穿了她喜欢的白衬衫。

而现在……

管他呢，反正她就是喜欢他。

许子心竭力抑制住上扬的唇角。

应承已经来到她面前："怎么了？"

她真是发了疯，居然从他这简简单单的三个字里听出了一丝关切。

许子心咬咬唇，来时的勇气瞬间消退得无影无踪，声音从齿缝里挤出来："四级成绩要明年才能出来，对吧？"

"所以？"

许子心仰头，一双大眼睛里闪着光："我保证一定好好考试，能不能把吃饭的时间提前……"

"所以你的意思是，如果我不答应，你就不好好考试？"他反问。

"我没，不是这个意思，我……"许子心恨自己在他面前就格外笨拙的嘴，恨不得抬手打上去。

应承似是低低笑了一声，许子心看过去，却没看到任何他笑的痕迹。

他忽然抬手，伸向她的额头。她浑身一僵，连呼吸都暂时停止，他的指尖轻轻碰到她的额发，而后瞬间收回。

许子心微张着唇，看到他指尖的一片枯叶，是从她额发上拿下来的，大概是在她戴上帽子前就粘上去的。

他分明没有碰到她，她却仿佛感受到他温暖的指尖蹭过她的额角，她起了一身的鸡皮疙瘩，脑子一片空白，一个英语单词都记不起来。

"好好考试。"他终于说话，声音依旧浅淡，像是没什么感情。

许子心咽了咽口水，连之前说的什么都忘得一干二净，机械地点点头："好……"

"回去准备考试吧。"

"好……"她乖乖转身，走了两步才想起来自己是来干什么的，回身一看，应承已经背对着她走向寝室楼。

这会儿时间早，寝室楼下刚好一个人都没有，冬天的寒风吹过枝丫，又有一些枯叶飘落下来。

许子心怔怔地望着他的背影，脑子里忽然起了一个念头，怎么都下不去。

她用力呼吸，随后猛地抬脚向着应承跑了过去，张开手臂从身后轻轻地抱了抱他，而后趁他还没反应过来，连忙转身就跑，根本不敢回头看一眼，忍不住"哦耶"一声，像是得到了全世界。

4

许子心考试前还有些紧张，捧着收音机和笔袋在教室外瞎转悠，老二和她一个考场，倚着墙塞着耳机还眯着眼睛，嘴里念念有词的。

许子心没忍住，凑过去问她："你听英语呢？"说着摘了她一只耳机放耳边听了听，一阵嗨爆的韩语音乐从耳机里传出来，"什么啊？"

老二护犊子一样把耳机拿回来："什么什么啊，我家 SJ 的歌啊，这可是我的幸运符！"

"你就不紧张？"

"听听我家欧巴的歌就不紧张了，你不懂！"老二享受地笑了下，又满脸遗憾，"可惜前些天他们在南京的演唱会没去成。"

许子心冲她竖起大拇指："那你最喜欢谁啊？"

她捧着脸花痴："韩庚……"

"哎，他不是中国人吗？"

"我这叫爱国！"

考场开放，两人也就没再说下去。

坐下来之后许子心更觉得紧张。作文题发下来之后她脑子里一片空白，深吸了好几口气才找回神志，简直跟半年前的高考没什么两样。

好在一切顺利，连收音机都一点问题也没出，虽然不会的题目很多，但她会的题也不少，考完试出来，她还挺自信的，425 分应该是绰绰有余了。

走出教学楼的时候已经超过十一点半，今天难得阳光很好，甚至有些刺眼，许子心不太习惯，微微眯了眯眼睛。

尽管出了大太阳，但是冬天依旧是冬天，一阵风过来就让她蓦地打了个寒战，她跺了跺脚，在人群中找萧潇的身影，她在隔壁教学楼考试，说考完了一起去吃饭庆祝一下的，这会儿还不见人影。

她掏出手机开机，上了 QQ 先给苏珩发了条消息，又换了个 QQ 号登录，本来想给应承发条消息，却发现他的头像是灰色的，应承的确是难得 QQ 在线。

许子心干脆给他发了条短信："我考完啦，保证能过，你可别忘了我们的约定！"

"心心！"萧潇从她身后蹿出来，拍拍她的肩膀，"走吧，我们去吃饭啊。"

"我们吃什么啊？"许子心把手机放好，笑。

"你决定，随便啊。"萧潇搂住她的胳膊，随口道。

"石锅拌饭？上周开的那家？"

"我们前两天不是刚去吃过吗？"

"那，吃面？"

"我昨天吃过了，今天不想吃面。"

许子心咬牙切齿："萧潇！"

萧潇缩着脖子："反正今天下午没事儿，要不我们去银泰吧，吃个饭顺便逛个街？"

"好啊。"许子心歪头想了下，"我要吃烤肉！"

"行！那我们去吃烤肉！"

两人回寝室把东西放了，老大老二得知她们要去逛街，一个两个都响应起来，最后四个人浩浩荡荡坐了公交车去吃烤肉。

烤肉店有送的零食小吃，许子心等点好餐就先跑去拿了，拿了一整盘之后刚要回座位，忽然听到有人叫她。

是一个不怎么熟悉的男声。

许子心回身去看，叫她的那个男生高大帅气，梳着一个背头，边上还有个漂亮的妹子挽着他的手臂。

她倒是觉得有些眼熟，可是一时想不起来他是谁："你是……"

男人让妹子先去座位坐，妹子还有些不肯，不过大概觉得许子心实在没什么威胁，最后还是扭扭捏捏跟着服务员进去了。

"我是蒋经纬。"他自我介绍。

许子心恍然："啊……对……"

蒋经纬，她高中时期的校草级人物，曾经和她的好朋友在一起过，她也因此见过他两次，后来他们因为高考而分道扬镳，没想到会在这里见到。

"你也在 H 大吗？"许子心问，"这么巧。"

"嗯。"

两人不大熟悉，显然也没什么话好讲，许子心不明白他叫住自己是想干什么，刚想找个借口先回去了，他却忽然问她："安馨，还好吧？"

安馨就是她的好朋友，那个曾经和他在一起过的女生。

许子心其实有些不悦，当初蒋经纬因为高考甩了安馨是一桩，如今他分明有了女朋友还一副对安馨念念不忘的样子又是另一桩。

"安馨很好啊，她高考考得很不错。"可一点都没为了你抑郁寡欢，高考失利。

蒋经纬笑了下："那就好，那你知道她在哪儿……"

"我朋友要着急了。"许子心打断他的话，"我先回去了啊，你女朋友也在等你呢。"

萧潇远远地就看到许子心在和一个帅哥说话，见她回来，连忙拉着她低声道："怎么又勾搭上蒋经纬了，你可真是厉害。"

"你又认识了？"许子心瞠目结舌，她以前可是号称八卦女王，看来现在这名号得拱手相让了。

"那是，H 大不是有个帅哥排行榜，蒋经纬可是排行第二，第一当然就是你家男神啦，你不会连这都不知道吧？"萧潇一脸鄙夷，"不过你怎么勾搭上他的？"

许子心暗自感慨自己太过"OUT"了："什么叫勾搭啊！他是我高中的学长，仅此而已。"

"啧啧，学长的话能记得你？"

"他和我朋友好过，估计旧情难忘呢！"

老二凑过来说："他女朋友就是我们英语系大二的系花啊。许子心，你朋友是不是很漂亮啊，他居然有了系花还念念不忘。"

许子心还真想了下："没有系花漂亮。不过我想，初恋大概都是会让人念念不忘的吧。"

萧潇"哎哟呵"一声："我们心心难得说了一句人话啊！"

初恋。

许子心难免想到了陆维安。其实，他算不上是她的初恋，只是高中时期少女怀春，莫名其妙就对他有了好感，如今这么久过去，早就已经没了当初的执念。

所以，应该也不是所有的初恋，都会让人念念不忘的吧。

只有那种刻骨铭心的才会。

她现在，已经遇到了吗？

许子心发的那条短信，到了晚上才有回音。

简简单单一个字："嗯。"

她安慰自己，他没有回复"哦"就已经很不错了，顺便还上网搜了下市里什么店比较好吃。

搜着搜着就忍不住笑起来，她真的是永远都摆脱不了单恋啊。

不过从暗恋到明恋，总归还是一个好的变化吧。

5

"啊啊啊啊啊啊……"

一点都不美好的周一的清晨，许子心被这更加不美好的惊叫声给吵醒了。

她迷糊着拿过手机看了一眼时间，嘟囔："还能再睡十五分钟呢。"

尖叫声之后一阵悲鸣。

许子心实在忍不住，撑起上半身，看向对面床的老二："你一大早鬼吼什么呢？"

老二的脑袋从蚊帐里探出来，哭丧着脸："我家韩庚要退出 SJ 了。"

许子心眨眨眼睛，整个人又倒了回去，打算睡上十五分钟再起来。

老二依旧在自言自语："不，不会的，肯定是谣言！"

因为韩庚退出 SJ 的消息，老二一整天都郁郁寡欢，等到了晚上，她刷遍了贴吧之后终于擦干了眼泪振作起来："我相信他回国之后肯定会有更好的发展的！"

许子心不懂追星狗的心路历程，这会儿正在天涯刷自个儿的帖子，她的帖子越来越火，基本天天都在首页，就算是这几天她忙着复习四级，根本没更新。

她未免感慨，要是她写的小说能有这种反响，估计她早就已经火了。

不过也就只能做做白日梦了，她叹一声，登录更新，说明了一下最近的情况。

她立刻就被一个个等着后续的网友包围，在得知一点进展都没有之后，她居然还被安慰了。

——一步一步来，不能一口吃成胖子不是？

——LZ 慢慢来，不过好几天都不更新实在太不人道了，还以为你要太监了呢。

——男神都是难追的，楼主加油！我们是你最坚实的后盾！

许子心忍不住失笑，回复了几条评论之后，编辑的 QQ 又在右下角闪了起来，她深吸了几口气，这才点了开来。

"天涯上的帖子，是你发的？"编辑问她。

她一脸震惊："咦，你怎么知道？"

"忘了我也是混天涯的了？"隔着屏幕许子心都能感觉到她此时的鄙夷神色，"一看就是你写的，不然送杂志的事情还有谁干得出来？不过你这帖子这么红，有没有想过改成小说啊？你不是说没灵感吗？这不就是妥妥的素材？"

许子心觉得这也不失为一个好主意："那你可得给我时间。"

"行，等你好消息！"

最近应承在学校的时间忽然多了起来，许子心听刘原八卦说是他不去公司了，所以也不像之前那样忙，不过即使他不忙，她能见到他的时间也实在格外有限。

因为天杀的莫雨露因为节目的事情成天都让她去练习，她都快练成傻子了。

所以这次莫雨露又让她去练习的时候，她斟酌着提出自己的意见："我已经很熟练了，这次可以不去吗？我篮球队那边有事儿。"其实并没有什么事，最近她根本就没时间去篮球队，不过下课的时候她听见刘原说要去练习来着。

一向死拽着她不放的莫雨露居然难得放行："好啊，那今天你就不用来了。"

这态度转变得有点儿太快，许子心反倒有点儿不大习惯，不过难得不用去练习，她还是很开心的，收拾了下东西就跑篮球场去了。

篮球队的确是在练习，许子心好久不去还受到了欢迎，只是她在人群中扫了一眼却没看到应承，忍不住拉了刘原问："辅导员没来吗？"

刘原瞥她一眼，挑眉，一副看穿她的样子："就知道辅导员，敢情我们都不是人啊。"

许子心瞪他一眼："你说不说！"

"辅导员要晚点过来，被莫雨露拉去检查校庆节目了。"刘原说着忽然想到什么，"哎，你不是也参加了那节目吗？怎么有空过来？不用练习了？还是实力不够被挤出来了？"

她说怎么今天莫雨露大发慈悲让她不用去练习呢！

真是够奸诈的。

她咬牙："那我先走了，等校庆结束了我再回归篮球队哈。"

许子心风风火火地往音乐教室赶，嘴里心里把莫雨露骂了千万遍，好不容易到了艺术楼门口了，忽然听到有人叫她。

又是蒋经纬。

这次，他身边没跟着英语系大二的系花，就他一个人。

"这么巧。"蒋经纬脸上的表情看着还是挺真诚的。

许子心没时间和他打招呼，刚想先走，他已经犹豫着开口："许子心，如果不介意的话，你可以把安馨的手机号告诉我吗？"

许子心顿了顿："你们不是应该加了QQ的吗？"

"她早就把我拉黑了。"蒋经纬苦笑一声，"我只是想知道她现在好不好。"

"那对不起啊，没有经她的同意，我不能告诉你。"许子心说，"还有，她现在过得很好，非常好，不需要已经有了女朋友的你去关心她。"

她将"女朋友"这三个字加重了语气，蒋经纬不免有些尴尬，一时不知道该说些什么。

许子心愈发不想和他继续聊下去，可还没来得及走，身后忽然传来一个熟悉的声音："许子心，你不去练习，在这里干什么？"

完蛋了……

许子心整张脸都皱了起来，根本不敢回头，她面前的蒋经纬也有点儿难堪，毕竟他接手了应承不要的英语系系花，情敌见面，气氛总归有些难以言说。

她瞪了蒋经纬一眼，无声地对他说："你还不走？"

蒋经纬一愣，也并没有多留的意思，说了一声就先撤了。

6

许子心深吸一口气，笑着转身："辅导员，这么巧，我刚要去练习呢。"

"是吗？"应承把眼神从已经走远的蒋经纬身上收回来，淡淡地看着她，"怎么总是这么巧？"

许子心低头转了转眼珠子，又笑着抬头："刚刚那个是我高中的学长，刚好见到就说了几句话耽误了时间。"

"是吗，还以为是你的男朋友。"

许子心连忙摇头摆手："怎么可能，我这不是在追你嘛！"没脸没皮地耍赖，她早就豁出去了。

应承倒也不觉得尴尬："去练习吧。"

许子心扭捏着不肯进楼："你不去了吗？"停顿了一下，"我钢琴弹得可好了。"言下之意是你可得来听听啊。

听到这句话，应承终于忍不住轻笑了一声："去吧。"

许子心以为他真的不肯再去，垮着肩膀慢悠悠地往里走，不想走了两步却听到身后跟着的脚步声，她的眼睛顿时亮起来，回身，一脸的惊喜，话都说不出来。

应承依旧淡淡的，表情淡淡的，眼神淡淡的，声音也淡淡的："如果你弹得不好，4000 字的检讨书。"

许子心得意地站直，做了个敬礼的动作："遵命，你就等着瞧吧。"

许子心率先走进音乐教室，里面参加节目的同学三三两两聚在一起休息，莫雨露恰好抬头，一眼就瞧见了许子心，抱胸走近，笑着："不是说不想来练习，怎么又来了？"

"我怎么会不想来呢，我可是很想为班级争光的。"许子心咬牙切齿。

莫雨露还想说什么，应承已经出现在许子心身后，她一脸讶异："辅导员，你怎么又回来了？"

许子心得意地挑眉："当然是来看我弹琴啦！"

应承瞥她一眼，轻轻在她后脑勺敲了下："进去。"

许子心缩缩脖子，"哦"了一声，乖乖进去坐在钢琴面前，手指在琴键上随意弹了一段，转头看向大家："反正大家在休息，我先随便弹一首怎么样？"

众人当然乐意，还有人鼓掌欢迎起来。

其实许子心许久不练琴，能记在脑海里的琴谱实在有限，这会儿唯一出现在脑海的居然是高中那会儿和闺蜜一起上台表演过的《天空之城》。

琴音从她指尖流泻出来，原本吵嚷的音乐教室安静下来，只剩下音乐声。

应承倚在门框上，眼神却没有落在许子心身上，钢琴边就是窗户，他透过窗户看向外面，冬日里的白天短了许多，分明还早，太阳已经要下山，西边的天空也被染红了一片，格外漂亮。

他将视线收回来，看向许子心。弹钢琴的她和平常的她一点都不像，这个时候她格外认真，仿佛周围的一切都不存在了一般。

应承唇角微扬，站直身体，在她的琴音中转身走开。

许子心终于弹完，满脸得意地看向门口想要称赞，应承却已经不在。

她连忙起身冲出去，趴在栏杆处往楼下看。应承刚刚下楼，她叫他一声便往楼下跑，到底还是追上了人。

她气喘吁吁："你都没听完。"

他答非所问："4000 字的检讨书就免了。"

连称赞都算不上的一句话，却让许子心咧嘴笑起来，忘了他不辞而别的事情："我就说了，我弹得不错吧。"

他轻应一声："回去继续练习，我有事先走了。"

许子心不让他走，再度拦住他："上次说的吃饭……"

她顿了顿："十二月三十一号怎么样？我没抢到回家的票，我们一起跨年吧。"

应承刚想说话，许子心已经转身跑远，摆着手叫："我不管，我就当你已经答应啦！"说完，蹦蹦跳跳地上了楼，跟个孩子一样。

两天之后就是圣诞节，班委们老早就组织好了活动，因为班里女多男少，所以这次组织的是和建筑专业的联谊，直接把学校边的酒吧包场了一个晚上。

许子心寝室的都对联谊没什么兴趣，毕竟除了许子心之外都有男朋友，而许子心满脑子又只有应承。

萧潇的男朋友特地赶过来陪她过圣诞，她重色轻友，抛下许子心和男朋友双宿双飞去了。

老大也和同校的男友甜甜蜜蜜，只剩下单恋的她和刚同异地恋男友吵架的老二无处可去。

老二郁郁寡欢，说什么要和男朋友分手，要去遇到更好的人，死活拉着许子心去联谊现场。许子心本来是给应承发了短信想见他的，但是他又迟迟不回短信，心里憋闷得慌，干脆就换了衣服和老二去了酒吧。

联谊现场倒是挺热闹的，大家正在兴头上，也没发现多了两个人，许子心干脆和老二躲在角落吃吃喝喝。

老二喝了一大口啤酒，扫视一眼，一个帅哥都没见到，又重新低下了头："许子心，你听说过 2012 年是世界末日的事情吗？"

"这是假的嘛。"许子心笑，"不就是部电影嘛，听说挺好看的，可惜还没有资源。"

"谁说是假的呀，"老二神神叨叨的，"这可是玛雅预言。你看我们是不是很倒霉，好不容易考上大学，结果一个世界末日，什么都没了……"

许子心失笑："你喝得太多啦。"

老二又喝了一大口："你不懂，我这失了两次恋，不喝点酒缓不过来。"

她自己喝也就算了，还撺掇着许子心一起喝。许子心挡不住，多喝了几口，迷迷糊糊地感觉到手机振动，才刚拿出来还没来得及看一眼，忽然有个脑袋出现在她肩膀上。

她把手机随手放在桌上，转头看去，居然是刘原，喝得满脸通红："咦，许子心，还以为你不会来呢，过来了怎么也不去玩游戏，走走走，跟着大爷去享受人世繁华！"

老二又喝了一瓶，模模糊糊看到桌面上的手机屏幕闪着，也忘了这不是自己的手机，接起来："喂……"

刘原不管不顾地拉着许子心走了出去，正好在做游戏，一男一女要用脸夹着罐装啤酒赛跑，刘原把她给安排了进去，她恍恍惚惚看了眼和她一起做游戏的男生，笑了："嘿，楚凡，是你啊！哦，对，你是建筑专业的，我差点儿忘了。"

楚凡本来就有些拘谨，看到许子心脸腾地红起来："你……你怎么……"

"正好，我还怕尴尬呢，是你就好了。"许子心松一口气，等着做完游戏就溜。

楚凡在旁边偷偷看她几眼，脸上的红许久都没褪下去，她却依旧那副没什么心眼的样子，他长长地呼出一口气。

7

下一组就轮到了他们，冰冰凉凉的啤酒贴在脸上，许子心忍不住打了个寒噤，楚凡注意到，连忙问她："怎么了？"

许子心刚笑着说没事，耳边就传来一阵嗤笑。她转头去看，这才注意到旁边居然是莫雨露，她顿时觉得头疼，真是冤家路窄。

她深吸一口气，咧嘴一笑："祝你在这次活动中找到真爱呀。"

莫雨露瞪她一眼："要你管。"

许子心耸耸肩，转身没再理她。

主持人在一旁吹响了哨子，游戏开始。

本来许子心也就无可奈何被拉过来凑数的，不过既然莫雨露在旁边，她就难免有了求胜欲，可是她和楚凡实在是一点默契都没有，她一个劲地想往前冲，楚凡却缩手缩脚的，两个人步伐不同，便怎么都跑不快。

眼看着莫雨露比她快了不少，她一把抓住楚凡的胳膊："楚凡，你跟着我的步子，我们快点啊。"

楚凡愣了一下，说了声"好"。

两人的速度比之前快了不少，眼看着就要超过前面的莫雨露，许子心一鼓作气想再快些，没想到脚下绊到了什么，她站不稳，直接就扑倒在地。

而那边莫雨露已经到了终点，回身得意地看着她笑。

刚刚她被绊之前，莫雨露就在她面前，不是莫雨露伸腿绊的，还能是谁？

许子心这一摔，倒是把全场的注意力都吸引了过去，楚凡连忙蹲下来扶她："你没事吧？"

许子心没让楚凡扶，自己坐了起来，拍拍手掌心，好在冬天衣服穿得多，也没有什么可受伤的地方。

"莫雨露。"她仰头看过去，"开心吗？"

莫雨露笑："当然了，得了第一谁会不开心。"

许子心张了张嘴还想说话，声音却梗在了喉咙里，呆呆地看着那个分开人群来到她面前的男人，眨了眨眼睛还以为自己是在做梦："辅导员？"

应承走到她身边，微微弯腰直接拎住她的衣领将她给拎得站了起来。

她还有些恍惚："你怎么来了？"

应承没有看她："来看看你们活动搞得怎么样。"

许子心终于缓过来，看一眼周围那圈人，眼珠子转了转，直接往应承身上倒了过去："辅导员，我腿疼，你能带我去医院吗？"用她自己都觉得恶心的声音娇滴滴地说，说完忍不住打了个哆嗦。

她原本以为应承不会理她的，没想到应承对大家说了句好好玩就拉着她的胳膊往外走去，还不忘走到老二那边把她的手机给拿了。

一出来，许子心便被外面的冷风吹得浑身哆嗦，应承已经停下脚步，松开了握着她胳膊的手，居高临下地看着她："不是说要去医院？"

"你怎么会来这里？"许子心答非所问，又问了一遍这个问题。

"作为辅导员，看一下班级的活动有什么问题吗？"

"哦……"许子心低头应了一声，撇着嘴，明知道他不会说出什么她喜欢听的答案，刚刚居然还小小地期待了一下。

应承看一眼她正常到不能正常的腿："想必你应该不用去医院，那我就先走了。"将手机塞到她怀里就转身。

"哎……"许子心猝不及防，往前快走两步，抬手抓住他的衣袖，"你就这么走了吗？"她就后悔，他又不是专程来看她，当然要走，她到底在想什么不切实际的东西。

应承已经回身看她，她依旧抓着他的衣袖不肯放手："如果你没有其他事情的话，要不，我陪你过圣诞节吧！"

真不要脸，她暗暗骂道。

想想以前那个连告白都害羞斟酌许久的她，简直是恍如隔世。

不过许子心话一出口就笃定了他会拒绝，所以十分有自知之明地松开了手，尴尬地笑了笑："当然，如果你有事的话……"

"去哪里？"他忽然说。

"嗯？"许子心不敢置信地抬头看他，微微张着唇话都说不出来。

圣诞节的街道布置得格外亮眼，路边的灯光璀璨，树上都缠满了五颜六色的小灯泡，一闪一闪的，比白日还要更热闹一些。

店里放着不同的圣诞节歌曲，声音很大却不觉得吵嚷，许子心总觉得自己听错了话，恍恍惚惚。

应承依旧低头看着她，他身后彩灯闪耀，他的脸在霓虹灯下影影绰绰的，她忽然反应过来："啊，看电影，我们去看电影吧！"

等来到了人挤人的电影院，许子心依旧不敢相信这是现实，背对着应承狠狠地揪了一把手背，结果疼得她龇牙咧嘴，手背也红了一片。

买票的队伍很长，许子心和应承也挤在人群之中，一点点往前挪，只是人实在太多，后面有人挤过来，许子心没站稳，一把搂住了应承的胳膊保持平衡，结果抬头就看到应承的脸，连忙解释："我不是故意的啊，后面有人挤我……"

"我又没说什么。"他倒是无辜地回了一句。

许子心咬牙，仗着自己脸皮厚，死死地抱着他的胳膊不肯再放手。

总算轮到他们，只是适合的时间也就只有一部《风云2》，即使连第一部都没看过，即使最好的座位也只有第二排的最边上，许子心也十分开心地接过了票，还开心地对应承说："你知道《阿凡达》吗？听说特别好看，下个月会在国内上映的。"

说者有心，听者无意，应承没什么反应，许子心也就说不下去，见离电影开场还有一段时间，便跑去买了一桶爆米花。

在黑漆漆的电影院，两人一起吃爆米花的时候碰到手什么的，想想就期待。

许子心低头笑了一会儿，一抬头就看到应承看着她，那表情，许子心觉得跟看一个白痴没什么区别。

已经可以检票进场，她连忙跑过去，和应承一起进去。

好不容易在人群中找到座位坐下，许子心把爆米花放在两人座位的中间，看着满满腾腾的一桶觉得有些头疼。

她偷偷越过爆米花小山看一眼应承，他正认真地看着广告，她忍不住叫他："辅导员……"

他"嗯"一声，回头看她。

"你看过第一部吗？"她问。

"没有。"他倒是回答得挺快。

本来想缓解一下尴尬的气氛，没想到这话说完更尴尬了，许子心犹豫了下又问："辅导员，你今天晚上本来想干什么啊？"

"嗯？"他不知道在想什么，顿了下才回，"健身房。"

怪不得应承身材这么好，原来不止是因为打篮球，她伸手隔着毛衣捏了捏肚子上的"游泳圈"，轻轻叹一声，抬头又扬起了笑容："我一直想减肥呢，去健身房有用吗？"

他侧头，看了看她婴儿肥的脸："或许。"

她一脸懊恼，还想说什么，广告已经结束，灯光骤然暗下来，电影正式开始了。

许子心借着昏暗的光线小心翼翼转头看着应承的侧脸，光顾着花痴了，根本没看电影到底在讲些什么。

她偷看，偷笑，而后偷偷大口地吃着爆米花，她这边的爆米花已经被她吃得凹下去一块，而应承那头的却没怎么动过，她刚想晃一下，窸窸窣窣的声音却让应承转头看了过来。

她有些尴尬地停住了动作，嘴巴鼓得像是一只松鼠，傻乎乎地朝他笑。

他愣了愣，把爆米花桶转了个方向，满的那头到了她面前，他还低声对她说："多吃点。"

许子心差点儿就把嘴里的爆米花全喷出来，好不容易才忍住，而后欲哭无泪，整场电影就顾着吃爆米花了。

8

电影放完，两人起身随着人流出去，许子心把空了的大号爆米花桶扔进垃圾箱。应承看一眼，随口道："你确定你想减肥？"

许子心又被他噎了一下："对，我要减肥！"

"其实……"应承扫视她的身材，"没什么……"

她拢了一下外套，她也知道自己冬天更胖了点，用得着用那种赤裸裸鄙视的眼光看她嘛。

电影院门口依旧堵着很多人，许子心耳尖听到有人说下雪了，她拉着应承从人群中挤出去。

果然下雪了。

只是下得不大，稀稀落落的雪花在空中飞舞着，落到地上就消失不见，许子心从小就没见过几场雪，看到雪难免就有些开心，完全忘了自己还拽着应承的手没放。

应承低头，看到她开心地咧嘴直笑的样子，一时之间有些恍惚。

许子心伸手出去，有雪花落在她的手心，她便伸过来让应承看："你看啊，雪。"

他还在恍惚中，没看到，回过神来的时候只看到她手心有一片小小的水渍，她有些懊恼地说："这么快就化了啊……"

说着，她抬起头来，正好看到应承在看着她，微微一怔，唇边的笑就僵在了那里。

她还没这样仔细地看过他的脸，他的眼睛里有光，仿佛是一个深不见底的漩涡，叫人一旦陷入便摆脱不了。

身后是车流涌动的马路，甚至还有雪花落在她的头顶，面前是他的脸，而她依旧拉着他的手，手心有些热烫，心脏不由自主地乱跳起来，完全不受控制。

"哇，下雪啦！"有人高喊着冲过来，直直撞向许子心。

她原本就站在台阶的边缘，被人这样一撞，她怎么还站得稳，眼看着就要摔下去……

手上有力量传来，她怔愣，意识到那应该是应承，还没清醒，整个人就已被拉进了一个温暖的怀抱。她咽了咽口水，蓦地睁开了眼睛。

她侧脸贴在应承的胸口上，耳边是他有力的心跳声，怦怦怦，一下一下，比她的心跳稍稍慢一些，错开着跳动，怦怦的声音不绝于耳。

那个女生注意到自己撞到人，连忙停下来道歉："对不起，我不是故意的。"

"没关系。"应承微微有些低沉的声音在她头顶响起，胸腔也连带着振动。她咬着唇，一只手依旧被他握在手里，另一只手则紧紧地揪着他的衣角，这会儿觉得自己呼吸都有些困难了。

"没事吧？"应承握住她的肩膀，将她带离他的怀抱，低声问道。

许子心脸红得一塌糊涂，不知为何就尴尬起来，猛地转过身，捂着脸闷声说："没事。"说着也不顾外面在下雪，匆匆忙忙就跑了出去。

她走得很快，走了一段又怕他没跟上来，还偷偷回身去看，然后发现应承不紧不慢地跟在她的身后。

一不小心又对上视线，她又开始尴尬，匆匆继续往前走。

她走得没有方向，不知道自己走向了哪里，雪不知何时已经停了，只有地上微微湿着的痕迹证明刚刚有过下雪。

前面不知为何热闹得厉害，许子心远远看过去只看到了拥挤的人群和格外巨大的圣诞树，她停下脚步，看着那棵圣诞树时不时地亮起璀璨的灯光，迷了眼睛。

应承已经来到她身边，也没说话，只是静静地站着。

许子心依旧仰着头，脸也被冷风吹得不再泛红，她知道应承就在身边。

"应承。"她第一次叫他的名字，却没敢看他的脸，她知道他听到了。

她继续说："你是不是一直以为我只是觉得好玩，所以才做这些事情？"

应承看向她，她的脸上满是光点，一闪一闪的，他没有说话。

许子心双手握成拳："我只想说，我说的话、做的事情都是出于真心，不管你信不信。"

我同样知道，或许你会觉得我莫名其妙，可是，爱情原本就是一件莫名其妙的事情，它来得莫名其妙，陷得莫名其妙，让人根本无力抵挡。

他是因为所谓的赌约才让她接近，可她却不是因为赌约，她只是喜欢他，莫名其妙地喜欢他，仅此而已。

这些话她早就想说，可是一直没机会说，不好意思说，今天也是她好不容易才说出了口。

在遇到他之前，她只懵懵懂懂喜欢过一个人，她也从未对男生告白过，更别说是追求，她头一次鼓起这么大的勇气，只是因为不想再像以前那样，错过喜欢的人。

世界上没有什么是会等着你的，如果不想错过，就要努力争取，这一点，她如今已经彻底明白了。

所以就算是尴尬，就算是害羞，就算是得不到回应，她也会为自己争取这一次。

最后即使没有结果，她也不会后悔。

许子心转头，看向应承，笑起来，眼睛里盛着光，像是弯弯的月牙："所以啊，我说喜欢你，是真的喜欢你。"说罢，她又有些不好意思，"今天谢谢你啊，我很开心，时间不早了，我先回去啦。"

她转身要走，应承追上她："我也回学校寝室，一起回去。"

许子心抿抿唇，笑："好。"

许子心以为他带她去坐公交车，却没想到他带她回了举办班级活动的酒吧附近的停车场，他掏出钥匙，嘀嘀两声，一辆黑色的SUV便闪了闪灯。

她瞪大了眼睛："辅导员，这是你的车啊？"

他应一声："上车。"

她爬上去，乖乖坐好，还把安全带给系上，这才转头观察了一番，车子还很新，车里也很干净，的确是应承的风格。

应承上车之后便把暖气打开，许子心的确有些冷，抬手揉了揉脸，这才慢慢缓过来。

"你什么时候买的车啊？"想想也没什么可稀奇的，应承和人合伙在外开公司，怎么可能连辆车都没有？

"年初。"他说着，打开了广播。

电台在放陈奕迅的《圣诞结》，不像大街上那些热闹的圣诞歌曲，许子心靠在椅背上，侧头看向认真开车的应承。

这一刻的宁静，实在美好得不像话。

/ 第四章 /

WO
ZAIDENG
DENG FENG
DENG
NILAI

原来他笑起来，那么好看

♥

▲

2010 年 1 月 3 日，北京、天津等地区遭遇暴雪袭击。

2010 年 1 月 15 日，我国于下午 4 时 37 分发生日环食。

2010 年 2 月 12 日，温哥华冬季奥运会举行。

2010 年 3 月 2 日，全国大学英语四六级成绩查询。

2010 年 1 月，她第一次见他大声笑，是因为她。

1

圣诞节之后没几天就是元旦，大家出去玩的出去玩，回家的回家，学校已经不剩几个人。

室友们纷纷打包行李要走的时候，许子心还趴在床上翻着手机看天涯上网友的回帖，不时笑出声来。

老大老二已经相继离开，萧潇也准备好行李，过一会儿就要出发，见许子心没心没肺的样子，忍不住叫她一声："心心，你真的不回家？"

许子心恍然抬头，应一声："嗯，我买票买的晚了，没事儿，过几天你们不就回来了嘛！"

"那你好好照顾自己，别总是窝在寝室里，记得出去晃晃。"萧潇拿手机看一下时间，已经到了要走的时候，"那你今天跨年怎么过？"

许子心笑着摆手："没事，我约了人呢。"说着忍不住得意地挑挑眉。

萧潇一愣，忽然明白了什么："哎哟我说呢，元旦都不回家，原来是帅哥有约啊，啧啧，进展不错，等我回来记得汇报情况啊！"

"好说好说。"许子心笑，"你快走吧，别等会儿路上堵车，赶不上大巴。"

等萧潇一走，门砰地一关，许子心这才有了寝室空无一人的实感，又刷了一会儿帖子，没什么内容可看，放下手机便有点儿无聊起来。

她仰天躺着，想着这三天都要怎么过，脑子里一点想法都没有，估计最后还是会在寝室里待上三天吧。

手机忽然振动，她猛地坐起来，拿过手机看。

短信是应承发来的。

他这个人很奇怪，分明有 QQ 却总是不怎么在线，反倒更喜欢短信这种更为传统的联系方式。

这年头，会给她发短信的除了 10086 大概也就只有应承了。

她解锁，点开来看，而后就是一阵哀号。

短信依旧很短，十足的应承 Style，说今天晚上有事，无法回学校。

许子心放弃了最佳的买票时间，就是为了约他一起跨年，结果都这个时候了，他却忽然说回不来……

她抓狂地在床上翻滚，又不敢闹得太厉害，怕床板万一给塌了。

想来想去，她给他回短信："那我等你。"

这次他很快回复，只有三个字，不用等。

许子心的倔脾气也上来了，你说不用等就不用等？凭什么呀！于是又给他回了三个字："我等你。"

不知道是不是没看到，应承没有再回复。

许子心这会儿干什么都没心情，给苏珩去了个电话。

苏珩温温软软地说："我已经在家了，心心你什么时候回来，我们一起出去玩啊。"

她未免就有点儿负罪感："对不起啊，阿珩，我没抢到票，元旦回不去，等寒假我们再见吧。"

"这样啊……"苏珩的声音里未免就带了失落，她没几个要好的朋友，能约着出去玩的也就许子心了，"那你在学校小心啊，我们寒假再见。"

"你别三天都在家里，这样对身体不好。你也出去逛逛，看看安馨在不在家，哦，对了，说起安馨，蒋经纬是我们学校的，我前段时间还碰到他了呢。"

苏珩说好，两人又聊了几句才挂了电话。

许子心又重新埋进了被子里，躺了一会儿尸，直到肚子咕噜叫出声来，这才浑身无力地爬起来，换了衣服拿了钱包打算出门吃点东西后就去男生寝室外面等着。

学校里还是有些人的，许子心在校门口随便找了家店吃了晚饭，而后才慢悠悠地晃到了男生寝室楼下。

　　她仰头看向楼上，因为刘原的线报，她知道应承住在 302，三楼东面数过来第二个寝室，寝室里现在没人，黑漆漆的没有灯光。

　　她叹一声，他不会今天晚上真的不回来了吧？

　　许子心在男寝室楼门口的树下蹲守了一个小时，冻得整个人都发僵，302 寝室的人一个都没回来，灯依旧没亮。

　　她呼出一口气来，眼前便是一阵白雾，她低头，将脸埋进膝盖，想着：要不还是先回去一趟？

　　许子心摸了摸口袋，手机钱包都在，动作忽然一顿，钥匙呢？

　　她把浑身上下的口袋都给翻遍了也没发现钥匙，静下来想了想，不得不承认一个事实。

　　她忘带钥匙了。

　　平常她都是和萧潇同进同出，要不然就是老大、老二在寝室，她早就习惯了不带钥匙，结果可倒好，她回不去了。

　　其实可以问宿管阿姨借一下备用钥匙，但是前几天她从因为热得快被收走和阿姨吵了一架，哪里还敢去。

　　果然人只要倒霉起来，那可真是永无止境的。

　　许子心无处可去，跑去教学楼上了厕所，又去外面买了杯奶茶，这才重新晃回了男生寝室楼下面。

　　热乎乎的奶茶让她整个人都暖起来，她让老板多放了珍珠，等蹲下来之后就开始用吸管戳着珍珠喝，用力一吸，两腮都瘪了下去，刚把珍珠吸上来，还没来得及开心，就看到眼前蓦然出现一个满头是汗的人。

　　她一愣，然后就被珍珠给呛到了，咳嗽个不停，脸都涨红了，好不容易缓下来。

　　应承也已经恢复了平常的样子，依旧是那副云淡风轻的模样，微微皱眉看着她："不是说不用等？"

许子心脸还泛着红，咳嗽着说："我说我会等的啊。"

他似乎是长叹了一声："我才看到你的短信。这么冷怎么不回寝室？"

许子心撇嘴："我说了会等你嘛，怎么会回去。"顿了顿，眼睛忽然亮起来，"你现在是没事了吗？那我们可以一起跨年了？"

应承微微怔愣，而后点头。

许子心兴奋地"耶"了一声，下意识地拉住他的胳膊："那我们出去吧，学校里都没什么人。"

去哪里呢？

许子心也不知道，不过跨年嘛，总该热热闹闹的。

2

市里很热闹，之前圣诞节的灯还没撤掉，如今依旧五颜六色的，闪得人眼花缭乱，路上行人很多，明明不早了，却没有人想回去的。

许子心本来想和应承去江边守着倒计时，还能看烟花，但是江边的人实在太多，她只得改变计划去了市中心的商厦，就在上次那棵巨大圣诞树的旁边，大厦里也有大钟，只是人也不少，两人便去了附近的咖啡馆坐了会儿。

许子心运气不错，刚进咖啡馆就看到有位置空出来，连忙抢占下来，在这种日子，能找到个座位也实在是太困难。

许子心怕等着等着就睡着，还是点了杯咖啡，喝一口便苦得她缩脖子。

应承坐在她面前，看着她因为苦咖啡而皱起脸的样子，忍不住轻轻勾了勾唇，也端起马克杯喝了一口。

许子心没看到他惊鸿一瞥的笑，抬起头来的时候他已经又是那副表情，她笑嘻嘻："你今天是不是在忙啊？这么出来没关系吧？"

"嗯。"应承说，"那我走了？"

许子心"哎"了一声："都已经出来了……"看出他是在开玩笑，她哼了哼。

隔壁桌围了一圈人，男男女女的，大概也在等倒计时，无聊了便开始玩起了"真心话大冒险"，整个咖啡馆里就他们的声音最大，不过这个晚上总归不一样一些，也没人觉得讨厌，反而羡慕他们的生机勃勃。

许子心没有话题可讲的时候也偷偷听了一会儿他们的对话，只是没想到那群人的大冒险居然也和他们俩扯上了关系。

过来的是一个长相挺漂亮的女生，披着一头长发，微微弯了腰对应承说："你好，我能要你的手机号吗？"大概是头一次做这种事情，脸色有些尴尬。

那桌的朋友倒是欢乐得不行，一个个都往这边看。

许子心就有些意见了，咖啡馆里那么多人，虽说是大冒险，怎么非就跟应承要号码了，那个姑娘长得又好看，万一……

她想了想，在应承还没有出声之前，率先将椅子挪到了他身边，把脑袋靠在他的肩膀上，眨着眼睛看那个姑娘："不好意思哦，我男朋友的号码可能不那么方便给你。"

姑娘一愣，尴尬地笑了笑，却还是存有希冀地看向应承。

应承终于抬头，看向姑娘。

姑娘满眼期待，却听应承说："嗯，可能不那么方便。"

姑娘被直截了当地拒绝，有些羞愤，捂着脸跑了回去。她和那群人在说话，声音不大，但隐约能听到——

"你们还说他们不可能是情侣，这下好了，多尴尬。"

许子心听着心里就有些不是滋味，缓过神来发现自己脑袋还靠在应承肩膀上，连忙直起身来，话里难免有些酸溜溜："要是你想给号码的话，现在可还来得及。"

"嗯，刚刚的气势去哪里了？"他懒懒地说道，"再者，我并没有给陌生人号码的习惯，你想太多。"

他这是难得解释，许子心的心情起起伏伏，这会儿又觉得开心得要命，伸手握住他的胳膊，眼睛都亮了起来："是吧，我就觉得你不想给她号码，所以才特意来帮你的。"

应承有些无奈地笑了笑。

许子心坐了过来，就不肯再坐回去，贴着他坐在一起，以防再有别的姑娘觊觎。

刚刚那件事情打开了话匣子，许子心也就没那么尴尬，知道他话少，也没关系，她便絮絮叨叨地说起自己高中的事情来，从军训说到运动会，再说到分班说到毕业，有说不完的话。

应承也不觉得烦，饶有兴致地听她说，她说话绘声绘色的，整个人都格外有精气神。

她说得累了才停下来，喝了口附赠的白开水润润喉咙，问他："我们军训是不是大一结束的那个暑假啊？"

他点点头："算短学期，大二大三也有。"

许子心撇嘴："好好的暑假怎么还有什么短学期呀，还不如高中呢。"也就郁闷了这一下，下一句话又来了兴致，"听说你大二就和人一起在外面开公司了，真的吗？"

"嗯，做着玩玩。"

许子心想到上次钱柜遇到的那个女人，叫什么郑昕的，犹豫了好久还是问："那个，上次我见到的郑昕，也是你们公司的？"

"现在是老板。"他顿了顿，"我已经和那个公司没有关系了。"

"啊？"许子心一脸震惊，"为什么？不是你们自己办起来的公司吗？"

"觉得没有意思就不想再做了。"他说得云淡风轻，"再说我现在不是你们的辅导员？没空。"

这话说得，当辅导员能跟当公司老板比？

许子心还真搞不明白，应承脑袋到底是个什么构造。

不过既然不想做了，那也总应该有他自己的道理，许子心这点还是清楚的，于是说："那倒也是，我喜欢看韩剧，每看一部韩剧就喜欢一个男主角，播完我也就对男主角没兴趣了，是不是就是这个道理？"

这比喻让应承忍俊不禁，其实根本不是这么回事儿，他还是点点头："嗯，是的。"

和应承在一起，时间好像就过得特别快，离十二点只剩十分钟，咖啡馆里的人陆陆续续走得差不多了，两人也离开了咖啡馆。

只是没想到大厦里的人会那么多，人挤人，根本找不到大钟在哪个方向。

许子心执意要找能看到大钟的位置，绕来绕去走了好几圈，眼看着就要到十二点了。

已经只剩下最后一分钟，许子心已经绝望了，也不再想着要找到好位置，和应承就站在一层的厕所边上，那么多人，她实在是挤不动。

应承四处看了看，忽然拉住她的胳膊走进了一旁的楼梯间，里面一个人都没有，十分安静。

3

楼梯间有窗户，外面没什么遮挡物，两人靠窗站着，能看到夜空。

今晚云层太厚，没有月亮也没有星星，夜空就仿佛一块深蓝色的幕布，干干净净的，又那样纯粹。

外面大厦里传来整齐又响亮的倒计时。

十，九，八，七……

许子心将眼神从窗外收回来，看向应承，他仰头看着外面的侧脸格外美好，唇紧紧地抿着，眼神清澈又执着。

六，五，四，三……

为什么喜欢他呢？

许子心在这个时候想，喜欢总归都是没有道理的。

二，一……

大厦里萦绕着尖叫，而窗外那块深蓝色的幕布上，瞬间绽放一朵朵璀璨的烟花，美得让人心醉。

"新年，快乐。"许子心没有看烟火，依旧看着应承，声音很轻地说。

在这样吵嚷的噪音中，应承居然听到了她的声音，低头看她，而后露出一个格外好看的笑容，他也说："新年快乐，许子心。"

许子心扬唇，笑得比任何时候都要开心。

外面焰火绵延不绝，尖叫声此起彼伏，而在这个不大的楼梯间里，却只有他们两个人，一个仰着头，一个垂首，看着对方的眼睛。

灿烂的烟花倒映在两人的瞳孔，仿佛闪着奇异的光。

许子心的心脏忽然猛跳起来，好像那些烟花开在了心里，整个胸腔热得要燃烧起来，烧得她面红耳赤，连眼睛都火辣辣的。

她深吸了一口气，忽然踮起脚，闭着眼睛将嘴唇凑向他的脸颊。

只是她错误预估了她和他之间的距离，嘴唇还没碰到，她先轻呼了一声，蹲下身抱住了自己的脚腕。

这种时候，她居然扭到了脚！

一向没什么表情应承居然笑出了声。

许子心原本觉得尴尬不已，在听到他笑声的时候愣了愣，也忍不住笑了起来，抬头的时候脸上的表情却是可怜的："疼。"

应承让她坐在楼梯上，自己蹲下身卷起她的裤脚，温暖的手便握住了她的脚踝，她忍不住打了个哆嗦，脸红得更加彻底。

她伤得不重，稍微有点儿扭伤而已，也没什么红肿，应承看一眼就替她收拾好了裤脚："很疼？要去医院吗？"

许子心摇头："就是有点儿疼，等会儿就好了。"

应承居然就在她身边坐了下来，外面的声音逐渐小了下去，已经过了十二点，守着倒计时的大家一个个都撤了。

许子心缓了一会儿就没那么疼了，不过她自然不会错过这个机会，抱住了他的胳膊不放手。

两人从楼梯间出来，外面果然没什么人了，刚刚还慢腾腾的，这会儿人去楼空，有了几分冷清的意味。

应承是开车来的，两人上车之后，他就要把车开向学校。

许子心忽然想到了重点，小心翼翼地说："那个，其实，我没带钥匙。"

"嗯？"应承微微一怔。

"寝室没有别人，而且现在寝室楼应该已经关门了……"

"所以？"

"所以……"

许子心哪里知道该怎么办。

最后还是应承出主意，带她去附近找宾馆住下来，可他们连去了几家宾馆都已经客满，再没有空房间。

许子心倒是希望能和他再多待一会儿，也不觉得困。

又下车问了一家酒店，依旧客满。

两人上车，应承沉默了几秒，而后像是终于下定了决心，看向她："如果你不介意，可以去我那里住一晚。"

"哎？"许子心没反应过来，然后连连点头，"多谢辅导员收留。"

应承开车带她来到离学校不远的一个中档小区，许子心也知道这个楼盘，偶尔坐公交车的时候会看到，前两年新建的，高层公寓楼，住的大多是年轻人。

应承的房子在顶层，两人从地下停车场坐电梯上楼，应承走在前面，开门开灯。

漆黑的房间瞬间亮起来，许子心伸着脖子往里面望，果然是这两年的房子，装修也很新，但一点味道都没有，只是没什么人气。

应承打开鞋柜翻了翻，拿出一双新的男士拖鞋放在她面前："穿吧。"

许子心应了一声，换上鞋子进去。

小高层的房子装修成了两层，底下是客厅厨房和卫生间，有一道楼梯通往有些矮的二楼，南北各一个房间，中间还有个卫生间，装修得很简单，很有单身男人的风格，黑白两个色调让整个房子看起来有些冷冷的，但是很干净。

许子心随口问道："这是你自己的房子吗？"

"嗯。"他回，"去年买的。"

"你自己买的？"许子心惊。

"嗯，那个时候公司赚了点钱，刚好能买套房子。"他云淡风轻地说。

许子心忍不住竖起一个大拇指："牛。"

朝南的房间被褥铺得整齐，朝北的房间却只有光秃秃的一张床，大概是没人来住过。

应承从他自己房间的橱柜里拿了被褥出来，许子心连忙接过铺好，连被褥都是他的风格，一整套黑色的床单被套，沉沉闷闷。

见许子心盯着床看，应承还解释了一句："这套没用过，你放心。"

许子心咧嘴笑，她还希望是他睡过的呢。

应承也有一周没过来，热水器也没开，等水热还要一会儿，许子心坐在楼下的沙发上看着他在厨房烧水。

这么简单的一件事情，他做起来也格外赏心悦目，许子心盯得发了呆。

醒过神来的时候他已经拿着马克杯过来，放在她面前的茶几上："有点儿烫。"

许子心点点头，对于他的细心甜滋滋的。

4

客厅里居然还有一架电子琴，许子心有些意外："你也会弹琴？"

他随口应一声："以前学过。"

许子心想到那天在音乐教室故意弹琴给他听，觉得有些懊恼，早知道他也会，就不在关公面前耍大刀了。

见许子心一直看着电子琴，应承便问了一句："你想用？"

"好啊。"她坐下来，一上手出来的居然是校歌的旋律，稍微弹了两句停下来，笑，"最近被莫雨露逼着练这个练太多了，脑子里居然只有校歌。"说着又顿了顿，"要不要一起？"

应承当然是拒绝的，可架不住许子心死缠烂打，也就坐在了她旁边。

两双手一起放在黑白相间的琴键上，那样和谐，仿佛本该就是这样。

许子心虽然不高，人也圆润，但只有一双手大概是因为从小练钢琴的缘故，修长白皙，格外漂亮。

所以她庆幸，自己还有些地方，是可以与他相配的。

能和喜欢的人四手联弹，本身就是一件特别美好的事情，许子心不免就有些恍惚，当他的左手不小心碰到她的右手时，她浑身一颤，彻底乱了节奏，音也就错了。

两人都停下来。

许子心有点儿尴尬，自己邀请他一起弹琴，这首曲子她又练了那么久，结果他没错，她反倒错了。

他却像是什么都没察觉："还要弹吗？"

"不弹了。"许子心说，吐吐舌头，"其实我小时候是被我妈妈逼着学钢琴的，那个时候特别讨厌，可是没办法，不学钢琴也要学别的，想着还不如钢琴呢，就坚持了下来，后来上了高中就练得少了，毕竟学了那些年，脑子没记下来，手也记下来了。"

"习惯。"应承说，"你弹得不错。"

难得被应承夸奖，许子心终于摆脱方才的尴尬："那校庆活动的时候你会来的吧？"

"你忘了我是你们班的辅导员？"

许子心笑："反正我就当你是去看我的。"

"脸皮太厚。"

"脸皮薄还怎么追你啊？"许子心耍无赖。

只是话音落下来，他没有再继续回答，房子里瞬间静下来，气氛便莫名地有些尴尬。

应承盯着她看，不知道是什么意味，许子心率先败下阵来，转过头，舔舔自己有些干燥的嘴唇，缩缩脖子，声音闷闷的："别这样看着我，其实我以前脸皮也挺薄的。"

"那现在怎么厚了？"她没看到他的表情，却仿佛在他的声音里听到了笑意。

"因为脸皮薄一点用都没有。"她说，"机会永远都留给脸皮厚的人，敢于争取才能拥有，我以前不懂，但是现在懂了。"

应承沉默着没有说话，似是在想什么。

他安静下来，脸色便有些阴阴的，许子心偷觑一眼，转转眼珠子，猛地起身，打破尴尬："水应该热好了，我想先去洗漱一下。"

他"嗯"一声，去储物室拿了一套干净的洗漱用品，居然还有一次性的内裤，顺便给她一条自己还没穿过的长袖 T 恤当睡衣，又补充一句："我没穿过。"

许子心有些脸热，拿着东西匆匆洗了个热水澡，刚刚在外面的寒意已经驱得差不多，她换上应承的 T 恤，虽然她肉乎乎的，男人的衣服穿上身还是宽松，她又不高，这件衣服简直能当连衣裙穿。

外面空调开得很暖，许子心在 T 恤外面套上之前穿的羽绒服，只是出了卫生间却没听到应承的声音，她甚至趴在楼梯上往下看，也不在。

房间里又特别安静，窗外北风呼啸的声音就格外明显，她不禁有些害怕，见朝南房间虚掩着门，抱着最后一线希望走过去。

她一边叫他，一边推开了门，而后动作僵住，蓦然回身，尴尬地道歉："不好意思啊，我不知道你在换衣服，我什么，什么都没看到，真的，我什么都没看到。"

欲盖弥彰。

应承背对着她，穿衣服的动作顿了顿，他没想到许子心洗澡这么快，想先换下衣服，也忘了锁门。

他将衣服穿上，宽厚的肩背便被隐藏，扯了扯衣服的下摆，这才转身。

许子心依旧背对着他，看不到她的表情，他却能看到她红透了的耳朵，无声地笑了笑："好了。"

许子心回身的时候刚好看到他唇角残余的那一抹笑，今天他真的笑了挺多次，而且都是因为她，这样想着，她便整个人都有些轻飘飘。

她总是和别人不一样的吧？

"怎么了？"他问着，走出来。

许子心摇头："没什么，就是忽然没看到你。"

"时间不早，你还不去睡？"

"哦，哦……那我去睡了，你……你也早点儿睡啊。"

许子心跑回房间躺下，整个人缩在被子里，她耳朵好，听到他进了卫生间，水流响起，他也开始洗澡。

许子心忍不住开起脑洞，刚刚他赤裸的肩胛和背脊还仿佛在眼前，是健康的小麦色，在灯光的映照下仿佛闪着光，能闪瞎人的眼睛。

她深吸一口气，觉得自己实在有点儿色欲熏心。

刚想把头埋进被子里，她却忽然想到了什么，猛地坐起来，瞪大了眼睛。

完蛋了……

她的内衣裤忘记带出来了，这会儿还大咧咧地放在卫生间呢。

应承还在洗澡，这会儿总不至于去敲门拿东西，她只能祈祷他眼神不好没看到，顺便还回忆了一下内衣裤的样式，她的内衣裤都是妈妈买的，特别难看的大妈款式，而且因为她发育得比较好，胸口格外鼓胀，内衣的尺寸有些大。

她简直想撞墙自杀，下定决心过了今天，一定要去买几套内衣裤，美美的那种。

好不容易听到卫生间的水流声停下，过一会儿开门声脚步声也传来，她知道他已经回房间，赶紧下床，开门溜进了卫生间。

卫生间里还有腾腾的雾气，地面湿漉漉的，许子心一眼就看到了自己的内衣裤，放得真是够显眼的，想让人看不到都难。

她连忙用毛巾包起来揣进怀里，而后就想转身回去。

"许子心？"身后偏偏传来应承的声音，她一慌，脚底一滑，整个人就往后倒去。

卫生间的灯光愈发刺眼，许子心做好了在他面前丢脸的准备，却没想到他会抬手扶住她。

只是地上实在太滑，他这一扶，脚下也一滑，直接和许子心一起摔倒在了地上。

许子心的脑袋压在应承腹部，哼哼唧唧，手里倒是一直抓着那包毛巾，死活都不松手。

她还没了解清楚情况，脑袋蹭来蹭去的，直到应承抬手固定住她的头："许子心，你别再动了。"

许子心一愣，终于反应过来，浑身僵直，再也不敢动一下。

应承扶着她的脑袋，坐起来，两人总算都站起来，他一眼就看到她手里的东西，唇角扯了扯，倒是没说什么。

"对，对不起……"许子心匆匆道歉，也不知道说什么别的，转身就跑回了房间，一把将门关上，气还喘得厉害。

她抚着胸口，刚刚大半个人都摔在他身上，倒是没怎么湿，而他估计又要冲个澡了吧。

许子心舒出一口气来，决定这个晚上就安安分分地睡觉，再怎么样也绝对不出房门了。

5

到了很晚也还有人放烟花，许子心睡得迷迷糊糊还能听到声响，不过她睡眠质量一向都挺好，就算外面吵翻了天也醒不来。

第二天直接睡到了日上三竿才醒，她睁开眼睛还有些弄不清楚自己在哪里，缓了好一会儿才意识到是在应承家中，猛地坐起来，拿过手机一瞧，居然已经快十点了。

许子心换好衣服，小心翼翼开门探出了个脑袋，轻轻叫一声："辅导员？"没人应，她再叫上一声，"应承？"

房子里格外安静，只有她叫人的回音。

他不在？

许子心出去，先敲了敲对面房间的门，没人应，这才开门进去，被子叠得整整齐齐，显然他早就已经起床，她下了楼，依旧没人。

应承不在，不知道去了哪里，不过倒是好心给她留了一份早餐，简单的牛奶面包，还有一份煎鸡蛋。

许子心不习惯吃西式早餐，还是在洗脸刷牙之后把他准备的早餐吃得一干二净，等把餐盘拿起来的时候才看到应承压在下面的字条。

"我出去跑步，你自由活动。"

许子心把字条叠一叠，小心放回自己口袋，拿着餐具去厨房洗好，这才瘫在沙发上发呆。

直到现在，她依旧觉得这一切都有些不大现实。

她原本只是想和他吃一顿饭的，谁能想到居然蹭住到他家里来了？

沙发对面是个书架，上面塞了满满腾腾的书，她好不容易才逼着自己起身，来到书架面前，都是些金融经济的书，中文英文的都有，厚厚的一本又一本，她看着都觉得头大。

许子心虽然自己也学这个专业，但纯属是被老爹给强迫的。

填高考志愿的时候她原本想选与文学相关的专业，她老爹非觉得工商管理好，她不肯选还和她冷战了好几天，最后她没办法只好顺了老爹的心，所以一看到专业书籍都觉得脑袋疼。

许子心随意拿了一本书翻开看了看，上面居然还有应承的批注，她目瞪口呆，又拿了一本看，居然也有。

怪不得人家是成功人士，许子心一一把书放回去，感慨，她就没这耐心。

许子心啧啧两声，抬头望了望，忽然看到眼熟的封面，总觉得似曾相识，只是她太矮，视力又有点儿问题，看不大清楚，刚想去搬把椅子过来看，就听到门铃响起来。

她顿时双眼放光，飞一般地跑到了门口，将门打开，笑着说："你回来啦……"话说着，笑容却僵在了那里，对着门口那个衣着和妆容都精致到无懈可击的女人发了愣。

也对，她刚刚怎么就忘了，如果是应承，直接开电子锁就好，何必按门铃？

许子心，你可真是蠢到家了！

"郑小姐，你好。"许子心终于回过神来，尴尴尬尬地打了个招呼。

郑昕眉心微蹙，直到许子心说话也依旧满脸的不悦："应承呢？"

"啊……"许子心说，"他不在，你找他吗？他等会儿应该就回来了，您看……"

还不等许子心说什么，郑昕已经推开她，在门口换了鞋子大步走了进来在沙发坐下："那我在家里等他。"

"哦……"许子心依旧站在门口，不知道该说些什么，愣了会儿神才记起来把门关了，挪着步子走了进来，也不敢坐回沙发。

看着郑昕挺着腰坐在沙发上骄傲的模样，她靠墙站了一会儿，终于想到了可以做的事情，在厨房倒了杯水之后送到郑昕面前："郑小姐，你喝水。"

她说完就要溜，没想到郑昕叫住她："你叫，许……"

许子心溜不成，只好回身，笑着说："许子心，我叫许子心。"

"你和应承，是……"

这个问题有点儿不好回答。

许子心皱着脸犹豫了许久，问她："你想要怎么样的回答？"

"你……"郑昕深吸一口气，"好吧，上次应承说你……"

门口忽然传来输入密码的电子音，许子心终于松一口气，满脸期待地看向门口处。

应承拎着一个超市购物袋进来，一时没看到郑昕的存在，随口问："起来了？睡眠质量倒是挺好。"

许子心咧嘴一笑："你……朋友过来了……"

应承这才看到郑昕，表情一顿，把购物袋放在餐桌上，对许子心说："你先上楼。"

"哦。"许子心连忙应下，匆匆上去，把门关上，她倒是有点儿想偷偷出去听墙角，可是有贼心没贼胆，只能坐在门口，把耳朵贴在门上。

他们的声音若隐若现，根本不知道究竟说了什么。

"你昨天走得那么快就是为了她？你难道真的喜欢上她了？"郑昕咄咄逼人。

"我以为我上次已经说得很清楚了。"

"我不信，你会为了这样一个人放弃一切。"

"你不信是你的事，这个世界上不是所有人都要围着你转。"应承抬眸看她，眼神淡淡，"如果没有别的事情，是不是可以请你离开了？"

"你！"郑昕深吸一口气，"应承，你总有一天会后悔的。"

"后不后悔，应该是我自己说了算。"

郑昕摔门而去，许子心听到动静总算松了口气，不过还是缓了会儿才出去。

楼下依旧没什么声音，许子心扶着楼梯栏杆悄悄往下探，应承正在把购物袋里的东西放进冰箱，也没回头，径直说道："下来吧，她走了。"

许子心撇撇嘴，不知道他是不是后脑勺也长了眼睛，"噢"一声之后走到了餐桌旁，倚着看他，犹豫了许久都有些问不出口。

应承关上冰箱门转身，一眼就看到她纠结狰狞的脸，有些无奈地摇了摇头："想说什么就说。"

许子心眨眨眼，还真问了："你不是说你已经不在公司了吗？刚刚那个郑小姐，她为什么……"

"昨天是公司年会，我最后一次参加。"应承顿了顿，又说，"她自以为是而已。"

许子心懵懵懂懂地点头："哦，她现在是老板，所以，想让你重新回去吗？"

应承没说是，也没说不是。

许子心忽然"哎"一声："那昨天是不是因为我的缘故，让你没参加完年会啊……"

应承给她一个"你终于知道了"的眼神："反正也只是应酬，无所谓。"

6

许子心在应承家里蹭住了一天就有点儿不想回学校了。

这里多好啊，超大的床、松软的被褥、随时都会有热水的卫生间，还有应承。

她赖着不想走："反正我没带钥匙，等室友回来了我才回得去。"

"宿管那里就有备用钥匙。"他直接拆穿她的谎言。

"我和宿管阿姨关系不好，她肯定不会借给我的，就想让我难堪呢。"她抱着应承家里沙发上的靠垫，半张脸都藏在靠垫后面，只露出一双眼睛可怜兮兮地看着他，"反正你都已经收留我一个晚上了，就再收留我两天嘛，你难道要让我流落街头吗？"

应承微微一怔，移开视线，犹豫了会儿才说："住下来吧。"

许子心没想到这么轻松就成功了，一时没忍住，"耶"了一声，等叫出声才意识到自己太得意忘形，连忙捂住嘴，偷偷得意地笑。

不过许子心也开心不了多久，应承回房间收拾了一下就要出门，她连忙追上去："你去哪里啊？"

"我出门。"他微微倾身穿鞋。

"那我呢？"许子心眨眨眼睛，"我一个人留在这里吗？会很无聊的，不能带我去吗？"

应承已经换好鞋，起身："不能。"

许子心立刻垂下了脑袋，闷声说："真的不能一起去吗？"

他低低应一声，开门出去。

门"砰"的一声被关上，外面是他，里面是她。

许子心呼出一口气，她早知道自己会被无情拒绝的，可还是忍不住想试一下，果然，惨败。

她有些蔫蔫的，也不想动，干脆直接坐在了玄关处，呆呆地望着门口的地方，脑袋放空。

大门处忽然传来声响，她还在发呆，没反应过来，应承的脸已经出现："走吧。"

许子心愣愣的："啊？"

"你不走吗？"他说着就要关门，她连滚带爬地起来，这就要穿鞋子出门，他拦住她，"外套。"

"啊……好……"屋子里开了空调，一点都不冷，她只穿了一件毛衣，要是出门大概会被冻死，她听言连忙回身去沙发上把外套拿了，匆匆穿好鞋子，跟着应承一起出门。

电梯正好在这一层停着，许子心默默地站在应承身后，盯着他的后脑勺看，管理不好自己的面部表情。

怎么办，她就是想笑啊，怎么忍都忍不住。

站在前面的应承轻咳一声，许子心这才意识到自己盯着他脑袋蠢笑的表情全被他从镜子里看到了，她吐了吐舌头，有些脸红。

直到上了车，许子心才问他："对了，我们去哪里啊？"

应承面无表情："去把你卖了。"

许子心"扑哧"一声，是真没想到他居然会说冷笑话："要是买主是你的话，我可以无偿赠送的。"

应承赏了她一个看白痴的眼神。

许子心嘻嘻笑着，也不恼。

应承直接开车往郊区而去，路边越来越荒凉，许子心忍不住开玩笑："你该不会是真的要把我卖了吧？"

"那送你回去？"

许子心连连摆手："我要跟着你一起去。"

车子终于停下来，地点却有些令人觉得意外。

"陵园"两个字让她没办法忽略，有些发怔，忽然开始后悔自己死缠烂打跟着他一起过来，他一定是来看望亲人，应该更希望自己一个人来的吧。

"那我就不下去了，在车里等你。"她率先说道，"等回去，我们吃好吃的，行不行？"

他有些意外，却还是应下来，下车之后又开了后车门，将那束她一直都没看到的白玫瑰拿了下去。

许子心其实有些好奇，却还是乖乖地坐在了车里，目送着他走上楼梯，变成了一个无法用肉眼辨认的小点。

她在车里待了一会儿便觉得有些闷，却也不怎么敢下车。

这种地方她只来过一次，高中毕业的时候苏珩带她来的，来看望她们的朋友，年纪轻轻却已然长眠地下的朋友。

大概是那次的关系，她对陵园便总有些莫名的恐惧。

应承许久都没下来，许子心待不住，终于开了车门出来，深吸了一口冰凉的空气，缓步走向他所在的方向。

她走到附近就没有再走近，他依旧笔挺地站在那里，只是站着而已，·一句话都没有说，可不知道为什么，她总觉得悲伤都快从他的浑身溢出来了。

他来看望的那个人，会是谁？

他看着墓碑，她便看着他，刚刚一个人在车里的时候总觉得时间过得特别慢，而在这里这样子看着他，竟也不觉得时间流逝，只觉得要是能一直这样看着他，陪着他就好了。

　　或许喜欢一个人，最初的贪恋便是陪伴，愿自己是那个在他悲伤或者开心时都会陪伴在他身边的人。

　　应承闭了闭眼睛，终于回过神来，一转头才发现许子心就站在不远处望着他，呆呆的、傻傻的，穿着厚厚的黑白外套，就像是一只企鹅，居然还有点儿可爱。

　　他大步走到她面前，她才缓过来，倒是有些慌乱，连忙解释："啊，我刚刚在车里待得闷了就出来了，没有打扰你吧。"

　　"嗯，没有，走吧。"他率先走下阶梯，她连忙跟上，却不想他却又停下脚步，回头看她，"不冷吗？"他的眼神落在她被冻得通红的双手上。

　　许子心微怔，这就把手伸了出去，委屈地说："冷……"

　　应承一秒都没犹豫，径直握着她的手腕将她的手塞回口袋："这样就不冷了。"

　　许子心看着他大步走开的背影，站在他身后忍不住冲他做了个踢腿，这才心不甘情不愿地跑了下去，跟到了他身边。

　　她倒是没想到应承还会和她说话："是我妈妈。"

　　"啊……"许子心活到现在都算挺顺风顺水的，爷爷奶奶和外公外婆都身体健康，父母对她虽然偶有严厉但大多时候都顺着她的心意，再加上自己是同辈里唯一的女孩儿，她从小就是受着一大家子疼爱长大的，这个时候就不知道该说些什么，想来想去，最后只说了一句，"你不要太伤心啊……"

　　应承的脚步稍稍一停，看向她的双眼，过了会儿才继续往前走。

　　许子心有些莫名，却还是跟了上去，说："我是真心的，你妈妈肯定也不希望你这么难过的。"

　　"嗯，我知道。"他说，"谢谢你。"

哎？她做了什么他需要谢谢她？许子心觉得自己越来越搞不懂他了，不过她最擅长的就是不去想那些想不通的事情，连忙跟上去："等等我啦。"

7

许子心在应承家蹭住了三天，直到萧潇打电话说已经回寝室了，问她在哪里的时候，才不甘不愿地和应承告别。

许子心不得不感叹为什么电视剧里总是要让男女主角住在一个屋檐下，原来这种情况下真的是很能促进感情的！

至少她自己单方面是这样认为的。

毕竟一起跨了年，一起吃了饭，一起弹了琴，甚至还一起去了墓地。

应承也正好出门，就顺便捎她到了学校门口，她以为他也回学校，没想到她下了车他就走得无影无踪，她只能对着汽车尾气暗自恼怒。

许子心到寝室的时候，老大、老二还没来，萧潇倒是已经收拾好东西，抱着个苹果一边啃一边看剧了。

许子心满心欢喜地和她打了声招呼："你怎么一回来就知道看剧？"

"我家网坏了，我妈又说我不在她用不到，不肯修，落了好几集韩剧呢！"她把苹果咬得嘎嘣脆，"对了，你这几天住哪里了？我看你钥匙都在桌子上，被子跟我走的时候一个样，你回家了？也不对，你行李也在啊……老实交代，你这几天，到底去了哪里？"

许子心见萧潇剧也不看了，挑着眉冲她伸出手来，连忙投降："我招我招，别挠我痒痒。"

她把这几天的事情大致说了下，然后还一脸腼腆："就是这样啦。"

萧潇苹果也不啃了，拍着桌子起身："行啊许子心，你说你是不是计划好的？故意不带钥匙去蹭住了？"

许子心"喊"一声:"我要有那么聪明,早就能攻下他了。"

"这倒也是,不过你进展不错,继续加油!"萧潇拍她的肩膀。

许子心打开电脑更新完天涯帖子后去微博看了看百谷大大的动向,自从她开始追应承之后,倒是好久都没去看他的微博了。

没想到这段时间百谷居然一条微博都没发,已经有不少粉丝在评论里闹起来,还有人说什么是不是有了女朋友才不更微博了。

许子心忍不住笑,换做以前她大概也会披上马甲去凑热闹吧。

元旦之后一周就开始了校庆,各种讲座和活动,晚会作为压轴在最后一天进行,学校方面还邀请了不少优秀毕业生过来,所以莫雨露压力山大,愈发临近 Dead Line 就愈发紧迫。

所以对于校庆,许子心留下的印象就是练琴练琴练琴……

不过校庆也有些好处,学生都分到了饭票,可以免费吃食堂,而且因为要招待优秀毕业生,连食堂的菜都好了不少。

许子心大口大口往嘴里塞饭,好不容易吞下去又开始吐槽:"潇潇你不知道,我都快疯了……莫雨露她……"

萧潇往她嘴里塞了根香肠:"来,多吃点肉。你今天已经说了十遍了知道吗?乖,等晚上结束之后就可以不被她奴役了哈。"

许子心化悲愤为食欲,大吃特吃。

不过大吃的结果就是她差点儿就穿不进晚会要穿的礼服。

其实莫雨露给参加节目的同学都订了衣服,可是好巧不巧,她漏算了一个人,许子心坐边角,也没什么人能在意,莫雨露就让她自己找衣服穿,只要不要抹了班级面子就好。

许子心实在不想为了晚会再去买件新衣服,干脆把高中时候穿过的黑色小礼服拿了出来,只是她比那会儿胖了不少,好不容易才塞进去。

她吸着小腹看镜子，说话都小心翼翼："潇潇，你觉得我有没有瘦一点？"

"绝对的。"

她吐出一口气，小腹就凸起来："早知道不吃这么多了，你不知道，我高中时候穿它，还挺宽松的呢。"

"就说你该减肥了。"潇潇摇头，"你上次不是说辅导员在健身吗？要不要也去办个健身卡，一石二鸟，减了肥又追了人？"

许子心眼睛都亮了："对哦，等晚会结束我就去打听打听。"

不过当务之急还是校庆晚会。

许子心所在班级的节目排在第五，演完就能把衣服换回来，她倒是略感安慰。

也正因为节目靠前，所以他们早早地开始准备，许子心一直没看到应承，又被勒得头昏脑涨，找了个马克杯喝了口水，结果被人一碰，她没拿稳，杯子落在地上碎了。

那妹子有点儿抱歉，连声说对不起，许子心甩甩手："没事儿，你又不是故意的。"

她怕扎到人，连忙去找扫把畚箕，等她再回到准备室的时候，她正好看到应承已经在，有点儿开心，连忙跑过去。

"你来啦！"她把东西放到一边，笑嘻嘻地说。

应承刚想说话，莫雨露不知道从哪里挤了过来，一把将许子心推开，自顾自站在了应承面前："辅导员，你来视察吗，我们准备得挺好的。"

她在这厢献殷勤，许子心却被她的猛推而撞上了身后的化妆台，没站稳，直接扑倒在地，左手被地上的碎玻璃刺伤，疼得她惨叫一声。

莫雨露背对着许子心，还以为她故意引人注意，冷笑一声，还没来得及说什么，应承满脸肃然地抬手将她推到一旁，快步走到许子心面前，蹲下身抓起许子心的左手手腕，皱眉："怎么这么不小心？"

许子心觉得委屈，瘪瘪嘴："疼。"

他拽着她的手腕起身："去医务室。"

"那表演怎么办？"她顿了顿脚步，犹疑着问。

应承看着她扎满碎玻璃的手，血正在疯狂地从伤口往下淌。

"表演重要，还是你的伤重要？"

"哎？"许子心还没反应过来，已经被他拽着大步走了出去。

莫雨露恨恨地看着他们走开的背影，咬牙切齿。

8

医务室的老师格外不近人情，冷着脸迅速将她手心的碎玻璃夹了出来，消毒涂药，一系列动作快速残忍，许子心疼得脸色发白，都快要晕过去，右手用力抓着应承的手。

最后纱布绕了一圈又一圈，她的左手成了圆球，什么事儿都干不了。

从医务室出来，许子心忍着疼，将手在应承面前挥了挥："这下表演可怎么办？"

"谁让你不小心？"他铁面无私。

许子心想要辩解，他已经再度开口："你又不是主角，不出场也没关系。"

她对上台也没有什么特别大的执念，只是……

"可是我被莫雨露逼着练习了这么久，好不甘心。"她闷闷地低下头，忽然看到自己居然还抓着他的手，有一瞬间有些不好意思，想放手，可犹豫了下，她默默地抬头，移开眼神，决定当作什么都不知道，然后忍不住偷偷地笑。

应承回过头来的时候她正在偷笑，尴尬地轻咳一声，又尴尬地笑一声。

他莫名，继续往前走，手却已经下意识地从她手中抽出来，大步走在前面。

许子心不甘心，快走两步追上他，再次抓住他的手。

他再度回头看她。

她咬着唇。

"我还是想上台。"她说。

应承看一眼她受伤的左手，想说什么不言而喻。

许子心抬眼，看他："你帮我吧？"

"什么？"

"钢琴。"许子心说，满眼的期盼，"你帮我吧，好不好？我们一起弹，肯定可以的。"

"走吧。"他没答应，也没拒绝。

许子心不放弃，又追上去。

"应承……"她叫他，"不行吗？真的不行？"

应承望着她格外渴望的眼神，缓缓吐出一口气来，率先往回走，见许子心呆呆站在原地没跟上来，回头说："你再磨蹭，演出就要结束了。"

许子心眼前一亮，冲上去："你答应了？答应了对吧？"说着抱住他的胳膊不肯放。

应承有些无奈地摇摇头，又说一遍："走吧。"

这次她答应得格外爽快，拉着他的手几乎跑了回去。

莫雨露正在纠结这一时之间怎么再找个弹钢琴的过来，思来想去只能放弃，上场之前，许子心却拉着应承来到她面前，喘着气："是不是要开始了？"

莫雨露有些嫌弃地看她："你的手不是受伤了吗？"

许子心将应承推到身前："我们还有他呀！"

工作人员已经在催促，许子心见莫雨露一脸犹豫不决的样子，忍不住说："你不相信我，总得相信辅导员吧？快走吧，该上台了！"

舞台的幕布还没拉开，所有人在舞台上各就各位，许子心与应承一起坐在钢琴前，她侧头看向他，这会儿灯光不显，他的轮廓和五官影影绰绰，眼睛在黑暗中却仿佛闪着璀璨的光芒。

前台主持人已经报幕，幕布在瞬间拉开，灯光乍亮，有些刺眼。

她回过神，深吸一口气，放在琴键上的手却忽然被覆住，她略一惊，看过去，那只手修长又好看，就像他的主人一样，令人无法抗拒。

她抬头，冲他露出一个微笑，然后轻轻点头。

两人的手同时在琴键上按下，就像是配合过无数遍一样，那样的默契。

音符仿佛有着自己的生命，逐渐充斥整个会场，当最后一个音落下，她再次抬头看向他，却发现他也看着她，脸上有着不怎么明显却又分明的浅淡的笑容。

谢幕的时候他们被挤在角落，在所有人都注意不到的位置，许子心小心翼翼地伸手，尾指碰到他的手，心头一跳，而后咬牙，直接张开手，握住了他的。

他手指一僵，却没有甩开她，她躲在他身后痴痴地笑。

她笑得浑身都在颤动，他怎么可能察觉不到，有些无奈地摇摇头，谢幕结束便拉着她大步走下了台。

许子心回头，看到莫雨露正被大家围着，没空注意到他们，赶紧套了大衣带应承离开了晚会。

晚会依旧热闹，即使到了外面还能听到里面吵闹的音乐声，许子心停下来喘了口气，然后忍不住笑出声来。

这么冷的天，艺术馆外面没有人经过，只有室内隐约的歌声传来，她笑够了，回头看向应承。她咬了咬下唇，朝他走近一步又一步，脑袋轻轻一歪便靠上了他的胸口，她张开手臂轻轻地揪住他腰侧的大衣口袋："应承，嗯，你有没有，有没有一点点的喜欢我？就一点点呢？"

话刚出口，她又忽然捂住了耳朵，连连摇头："算了，你不要回答我，我还是不要听了，反正你喜不喜欢我，我还是喜欢你啊……"

应承抬手握住她的肩膀，她仰头看他，他微微垂首，脸就在她的眼前，这么近距离看他的脸，她浑身的热气都涌到了脸颊上，腾地涨红了脸，却又不舍得低头，依旧死撑着看他。

眉眼分明，鼻梁高挺，紧抿着的唇被学校里的迷妹说是最适合接吻的唇形，她忍不住有些心生荡漾，下意识地舔了舔有些干裂的下唇。

他缓缓低下头来，离她愈发近，近到呼吸可闻，她紧张得不敢呼吸……

啊，不管了。

她闭上了双眼，轻轻地抿唇。心脏咚咚乱跳，她的手依旧揪着他大衣口袋的边缘，等了许久都没等到什么。

刚想悄悄睁眼看看，眼睛忽然一痛，她"哎哟"叫了一声，眯着眼睛看过去，他的手抬着，手里是一截长翘的……

假睫毛。

因为要上台，萧潇还特地给她化了个细致的妆，贴了厚厚的假睫毛，她居然给忘了。

她愣了愣，捂脸转身跑了开去，跑了几步又停下来，闷声说道："不许嘲笑我！"

她话音刚落，身后便传来笑声。

和在舞台上的时候那浅淡的笑容比，这次的笑是大声的、爽朗的，一点都不像他的。

　　她忘了害臊，怔怔地回头看他，他还在笑，眉眼间都带着笑意，她有些犯晕，眨眨眼睛，也忍不住笑出声来。

　　原来他笑起来，那么好看。

　　真好，看到他笑的人只有她。

相信我，不会有事的

▲

2010 年 3 月 23 日，谷歌退出中国大陆市场。

2010 年 4 月 14 日，玉树发生 7.1 级地震。

2010 年 5 月 1 日，上海世博会开园仪式举行。

2010 年 5 月 26 日，富士康发生第 12 起跳楼事件。

2010 年 3 月，她差点儿以为要失明，是他陪在她身边：没事的，别怕。

1

许子心死死地盯着电脑屏幕，就差把屏幕盯出一个洞来。

萧潇在隔壁"耶"一声："心心，我四级过啦！"她探过脑袋，"咦，你怎么还没查啊？"

"我这不是紧张嘛！"许子心哀叹一声，满脸的纠结，"要是没过怎么办？"

她可是在应承面前打了包票，说四级绝对能过的。

萧潇无所谓地耸耸肩："那就再考一次嘛，又不是高考。更何况还有三年半呢，着什么急啊！"说着跑到许子心身后，见她已经输入了考号，就差按个回车键，笑嘻嘻地说，"要不要帮你一下啊？"

"好啊！"许子心舒出一口气来，顺便抬手捂住了屏幕，"好了，你点吧。"

萧潇按下回车键，界面瞬间变了。

许子心一点点地挪开自己的手，眯着眼睛看过去……

还是萧潇率先看清楚："你过啦！心心，恭喜你！"

许子心惊叫一声，缩回手，定睛看过去，她考了 438 分，谢天谢地。

她转过身抱着萧潇叫个不停。

等清醒过来，许子心给应承打了个电话："四级成绩出来了，你怎么不问我过没过？"声音里抑制不住的得意。

电话那头顿了顿："如果没过，你会主动来和我提这件事情？"

"你一定要这么拆穿我嘛……"

"所以你考了几分？"

许子心看一眼成绩，扯开话题："反正过了就行，你管我考几分干吗？"

"看来是低分飘过。"应承这个时候就像个特别尽职的辅导员，"再过几个月就要六级，你觉得以你现在的成绩能过？"

许子心抓了一把头发，不认输："要是我能过怎么办？"她已经开始动脑筋，"要是我能过六级，你就答应做我男朋友？"

应承大概一时没反应过来，没有回答。

许子心不管，抢断话题："我当你默认啦！你就等着看吧，我一定会过六级的！"

挂了电话，她得意地挑了挑眉，回头看到老大、老二桌上那些厚厚的六级资料，顿时觉得头疼不已。

说大话容易，对她这个英语渣来说却是难于上青天。

她胳膊撑在阳台栏杆上，长长地叹了一口气。

已经快四月，今年的春天却来得有些晚，她不过在阳台上打了个电话就忍不住打了个哆嗦，缩着脖子开了阳台门进去："你们说 2012 年是不是真的是世界末日？这个天气真的是奇怪透顶了。"

说要庆祝过四级的萧潇正一边啃薯片一边看视频，随口回："还有两年呢，想那么多干吗。"

许子心凑过去看一眼："咦，你在看什么？"

"这都不知道？"萧潇点了暂停，跟她科普，"《我们结婚了》啊，韩国一个综艺，最近很火哎。喏，这个是红薯夫妇，男的是美男里的郑容和，超有初恋的感觉。"她捂脸，就像和郑容和谈恋爱的是自己一样。

许子心啧啧两声："你够了啊，你一个有男朋友的人，还在羡慕人家什么初恋的感觉，这就是节目而已嘛。"

"喊！"萧潇不跟她多说，"你懂什么，我继续看去了，你就去做你的追男神攻略吧。"

被萧潇这么一说，她顿时又觉得头疼起来，本来想看会儿英语，可那些英语单词纷纷飞得无影无踪，她恨恨地阖上了书，打开电脑，打算接受萧潇的安利，去感受一下初恋。

这一看就看到了晚上，把更新的几期全都给看完了，不得不感叹，还真有萧潇说的初恋的感觉。

许子心看完还意犹未尽，忍不住脑补了一下要是自己和应承谈恋爱，会不会也是那种感觉，她嘿嘿笑出声来。

萧潇在一旁泼冷水："刚刚说就是一节目的是谁？"

"好潇潇，是我有眼不识泰山嘛。"

"对了，你之前说要去你男神在的健身房的，这都多久了，也没见你去啊？"萧潇不解。

说起这个许子心就长叹一声："你不知道，那个健身房简直就是奸商，只能办年卡，贵呀，好几千块呢！我哪有那么多钱，又不好意思问我妈要，这不过年的时候收了点红包，再加上我省下来的钱才刚刚够，我打算这两天去一下，看能不能让经理给我办个半年卡，这么多钱实在是肉疼。"

"真好，你还有红包收。"萧潇一脸的羡慕，"我家那边的规矩，过了十八岁就不给红包了。"

"你能不能抓重点啊！不过，我这一个年过完，真的又胖了好多，为什么每天都要做客啊，每天都有大鱼大肉吃能不胖吗！"

"你自己克制不住还好意思说！"萧潇上上下下打量她一番，"的确又胖了啊，你是该好好去健健身了。"

许子心低头捏了捏肚子上的"游泳圈"，欲哭无泪。

许子心决定速战速决，身上揣着钱就跑去了健身房，软磨硬泡终于让经理同意了只办半年卡，她从钱包拿出自己存了许久的钱，满心不舍地递出去。

经理笑着捏住钱的另外一头："小姑娘你绝对做了一个明智的选择，你来这边半年，我保证，你这身材能好得跟她一样。"说着，他抬手指向海报上的美女。

经理说完就想把钱收进去，却不想扯了两次都没能扯走。

许子心低头，紧紧地盯着那沓钱看，终于下定决心，松了手，等经理满脸笑意地把钱收进去，她忽然想到了什么："对了，你们这边是有个叫应承的会员吧？"

"小应？我说呢，你也是为了他来的？"经理笑得脸都皱起来，"有有有，他常来呢。"

许子心这才放心："行，那你快点帮我办了吧！"顿了顿，又问，"他都什么时候来啊？"

"晚上啊，挺晚的，要九点才能过来，一般每天都来的，今天估计肯定也会来的。"这个时间倒是没错，应该是每天结束了晚自习才过来的。

许子心收到情报，办好卡回学校，欢快地收拾了东西，等晚自习结束就带了新买的运动服直奔健身房。

2

因为应承随时都会来，许子心不敢真的剧烈运动，要是出了一身臭汗再见到他怎么办？

她盯着门口，差点儿就要望穿秋水，足足等了一个小时都没等到人，她忍不住跑去找经理："你不是说他今天会来的吗？怎么现在都还没来？"

经理一脸无辜："那说不定是他有什么事来不了吧？"

就知道不能相信他的鬼话，许子心回了健身房，看着满屋子的健身器材，叹着气走上了跑步机，来都来了，总不能浪费钱。

许子心不擅长运动，高中时候的运动会也就高一被逼着报了个不怎么累人的项目，学期末的八百米，她每次都是踩着及格线过的。

能坐着就不会站着，能躺着就不会坐着，是她的一贯方针。

她不过在跑步机上跑了十几分钟，已经累得够呛，出了一身汗，把速度调慢之后她走着缓了缓，脑子里想的都是能不能退钱走人……

但是想了想那张含金量不低的半年卡，她到底还是咬咬牙，继续跑了下去，出了满身的汗，实在坚持不下去了才去冲澡换衣服。

她的手机锁在置物柜里，换好衣服才拿出来看，这才发现刘原发来的短信。

"你怎么没来体育馆？今天辅导员和我们一起训练，别怪我没和你说啊！"

许子心顿时觉得头疼，恨恨地将手机塞回了口袋，想起身却发现头晕得厉害，只能坐着再缓一缓。

经理巡了一圈健身房之后走去门口，正好撞见进来的应承，"哎"一声："今天怎么来得这么晚？"

他应一声："今天有事，昨天有东西落在置物柜了，我去取。"

"那你去。"经理想了想，又追上去，"对了，我上次和你说过的，当我们健身房的代言人这事儿，你考虑得怎么样了？"

"我不是已经拒绝了？"

"哎呀，"经理不放弃，"你都不知道，有多少姑娘为了你来我们健身房，我们也是互利互惠嘛，今天还有个姑娘为了你来呢！"

"是吗？"应承一本正经，"那我应该换家健身房了。"

经理一愣，反应过来："小应，你这可就……你办的年卡，这可才半年都没到呢。"

"我知道。"说完，他不等经理再缠上来，已经大步走开。

许子心干脆登了下天涯，刷了下帖子，看完留言还更新了一段才起身想走。

不知道是因为低头低久了，还是因为晚饭吃太少又运动太多，她总觉得脑袋犯晕，恍恍惚惚地走到门后，直接跟进来的人撞了个满怀，被她撞的那位猝不及防，往后倒退两步，站不稳，被她压着倒在了地上。

许子心整张脸都埋在那人的胸膛，她总觉得周边的气味很熟悉，可又说不上来，捂着脸小心翼翼地撑着地面想起身，结果恰好从手指缝中看到了那人的脸，手臂一下子就没了力气，一软，整个人再度摔进了他的怀里。

"应承？"她瓮声瓮气地叫他。

"嗯。"他低沉应一声。

许子心怎么也想不到他会突然过来，深吸一口气，再度伸手撑着地面扬起上半身，低头看他，笑："真的是你啊！"

"难道还是假的？"他微微抬着下巴，静静地看着她。

她刚冲过澡，头发还没吹干，湿漉漉的，这会儿头发梢儿正一点点地滴下水珠，一点一滴全都落在应承的脸上。

许子心看得有些发愣，居然忘了起身。

还是应承抬手握住她的肩膀，带着她一起坐起身来。

她依旧有些恍惚，坐在他对面，她没穿外套，此时肩膀下、胸前有一大块水渍，白色的衬衫不免有些透，露出黑色的内衣肩带。

应承轻咳一声移开眼神："你就是今天办健身卡的那个人？"

许子心回过神来："对啊，我刚办了张卡，打算来运动减肥，毕竟都要夏天啦！"顿了顿，试探，"你也在这里健身吗？啊，这么巧，那我以后能和你一起吗？"

这么生硬的谎话，也就她能说得出口。

"不考英语六级了？"他率先起身，低头看向依旧坐在地上不动的许子心。

她一点都没有自己站起来的自觉，抬头，委委屈屈地望着他，他就像是个十恶不赦的犯人。

他吐出一口气，到底朝她伸出手来。

她瞬间咧嘴笑出来，将右手在身上蹭了蹭，而后用力地放进他宽大的手掌心，借着他的力站起来："考啊，就算是为了我们的赌约都要考的！不过也要劳逸结合嘛！"

他轻笑了一声，转身进了换衣间。

男士和女士是分开的，许子心只能站在外面等他，一见他出来就马上凑上去："你不锻炼吗？那你回学校吗？我们一起回去？"

他轻应一声，走在前面，许子心就跟在他的身侧，一步不离。

应承是开车来的，她自觉地坐上副驾驶，乖乖系好安全带，试探着问了一句："你今天去练习篮球了？"

"嗯，下个月市里有春季赛。"

"哦……"这个许子心还是知道的，市里每年都会举办两次大型篮球比赛，春季赛和秋季赛，当年高中的时候她一个哥们还去参加过高中段的。

"又是刘原跟你说的？"

"啊？"

"我去练习的事。他难道不是你的眼线？"

许子心脸一红，才不肯承认："明明是我自己猜的。"

应承不置可否。

许子心到底还是藏不住话："好吧，就是他跟我说的，你要拿我怎么样？"

正好是红灯，应承踩下刹车，车停在斑马线前，他转头看向许子心："你要是想知道我的行踪，可以直接问我。"

"嗯？"许子心一愣，反应过来，"真的吗？"

他应了声。

"那……你明天还去健身房吗？"她问。

"去。"他说，没有犹豫。

"你不是还要练习篮球吗？有时间吗？"许子心有些好奇，他分明应该很忙。

"那我不去？"

许子心回过神："去吧去吧，你说去的，刚刚你说的要去的，不许反悔！"

3

健身房离学校不远，应承径直将车开到了男生寝室的楼下，许子心跳下车，冲着同样下车的应承摆摆手："那我先回去啦！"

"等一下！"应承叫住她，"我有东西要拿给你。"

"真的？什么什么？"许子心怎么还肯走，跑回来，眼巴巴地仰头望着应承。

"等下就知道了。"他留下一句话就率先上了楼。

许子心撇撇嘴，又忍不住笑出声来，倚在车旁哼着歌，车旁正好就有路灯，她仰头，灯泡亮着昏黄的光线，有些小飞虫在一旁飞来飞去。

春夜的风很凉，她的头发没吹干就回来了，这会儿被风一吹，就忍不住打了个寒噤，她拢了拢身上的衣服，从头顶的灯泡收回视线，正好看到应承从寝室大门朝她走过来。

他手里捧着厚厚的一沓什么，修长笔挺，脸色一如既往的冷淡，总像是世界上所有人都欠了他一百万一样，可她偏偏就喜欢，喜欢这样的他，更喜欢笑着的他，喜欢他，所以喜欢他的一切，没有理由的。

他腿长，几步就来到她面前，在她还在发呆的时候就已经将手里的那沓东西塞进了她的怀里："你拿回去看吧。"

"嗯？"她被怀里那沓东西的重量吓了一跳，匆匆低头去看，待看清楚，太阳穴的青筋都跳了两跳，"六级资料？"

"嗯。"他一本正经地回。

许子心深吸一口气，自我安慰："所以你是想我过六级对吧？所以你也是想做我男朋友的，对吧？"

应承刚想说话，旁边有人忽然叫许子心的名字。

两人齐齐转过头去看。许子心在看到蒋经纬的时候有些头疼，高中的时候也没什么交集，怎么偏偏就在一个学校？

这次不只是蒋经纬，连那个曾经追过应承，最后被他接盘的英语系系花也在，这场面，还真的有那么点尴尬。

许子心呵呵地笑了两声，要多冷就有多冷："这么巧。"

那英语系系花贴在蒋经纬身边，不怎么敢看应承，不过还是怯生生地叫了声"应承学长"，叫完还偷偷看了他一眼。

许子心看得心里有些不爽，脚步一挪，直接挡在了应承面前，然后一回头，只能看到他的胸膛……

哦，她忘了她矮。

许子心真搞不懂蒋经纬为什么要叫她，大家当不认识，遇到就直接走开不是很好？偏偏要叫她一声，所以现在这种局面要怎么收场？

不过她原本还想为系花喊冤，毕竟蒋经纬心里还惦记着安馨，但是在看到系花对着应承那赤裸裸的眼神之后，她真觉得是一个萝卜一个坑，怨不得他们会在一起呢。

她心里有无名火冒出来，微微侧身，把六级资料塞回应承怀里，双手抬起来抱住了应承的胳膊，脑袋一歪靠上去，笑得要多甜有多甜："没事的话，我们就先走啦，毕竟春宵一刻值千金嘛！"

她拉着应承就走，也不知道去哪里，反正只要离开就好。

走了两步应承低头看她一眼，说："我看你不止要学英语，你的语文也该回炉重造一下了。"

许子心假装什么都没听懂，努努嘴："那个英语系系花很瘦啊。"

"嗯。"

"和她比我是不是特别胖？"

"嗯。"

"你！"许子心瘪嘴，明明是自己提起的话题，明明就是事实，偏偏又觉得委屈，"那你当初干吗不跟她在一起？"

应承没有回答，只是叹一声，而后伸手，揉了一把她还没干透的头发，顿了顿："回去把头发吹了。"

许子心缩了缩脖子，抬头看他。他的眼里有光，那么好看，刚刚还觉得委屈，这会儿却全都忘了，脑海里只有他好听的声音，下意识地点头："好……"

应承送她到女生寝室楼下，这个时间点楼下已经没什么人，只有暗处一对情侣正肆无忌惮地搂在一起，许子心下意识地偷看一眼，结果那两人正好亲在了一起，格外忘情。

她轻咳一声，尴尬地收回视线，站在台阶上回头对上应承，就算这样也比他矮了小半个头。她抬手，小幅度地摆了摆："那我上去了。"

"嗯。"

"我真的走了？"

"嗯。"

许子心转身走了两步，又忍不住走回来，嘿嘿笑了两声："你明天真的去健身房的吧？"

他又点点头。

她再次无话可说："那……我回去了。"她不舍地一步三回头。

应承微微低头，唇角轻轻扬了扬，叫她一声："许子心。"

听到声音，她的眼睛顿时亮起来，飞快地跑回他面前，满脸的期待："什么事？"

"你是不是忘了什么？"

"咦，什么？"许子心没反应过来，不过倒是挺会见缝插针，"忘了给你一个晚安吻吗？"说完脸红了红，抿抿唇，有些不好意思却又硬撑着看他。

他伸手，将手里一直捧着的六级资料重新给她："拿好。"

许子心怀里一沉，吐吐舌头，笑得可爱："我说少了什么呢，原来把这个给忘了啊。"

"你确定不是故意不拿的？"他唇角有隐约的笑意。

"你给的东西，我怎么会不拿！"她说得自然，手却在资料下扭成了一团，"那我们明天在健身房见，说好了的啊！"

他又点头。

许子心开心地捧着书蹦蹦跳跳地回去，冲上楼之后还不忘先跑去阳台往下看。

应承居然还站在门口，垂着头不知道在想些什么，她有些意外，刚想喊他一声，话到了喉咙还是咽了下去，她呆呆地望着他的身影。

他又站了一会儿，这才转身缓缓往回走，步伐轻快，没一会儿就不见了踪影。

许子心这才收回眼神，抬手捂住自己依旧热乎乎的脸颊，轻叹一声。

一直紧追不舍的是她，她就像是蒙上眼睛的驴，只知道不停地往前走，永远都不知道退却，永远都不知道放弃。

而他若近若远，她有时又觉得他只不过将她当作普通学生，有时觉得自己于他而言是不同的。

他的内心比世界十大未解之谜都要难读懂，可偏偏这次他遇到了她。

她曾经羞怯，曾经隐忍，后来才知道，原来喜欢就应该说出来，原来喜欢就应该去争取。

不是所有的东西都会轻而易举地得到，喜欢的人不是只要想一想就会属于自己。

她佩服苏珩默默喜欢陆维安那么多年却只是默默守候，也曾觉得自己应该和她一样，以为若是原本的兄弟在告白之后就会成为陌路，那还不如默默地喜欢。

可她现在才明白，她有那么多兄弟，缺的只是喜欢的人也喜欢她而已。

许子心推开阳台的门回到寝室，吼了一声给自己加油打气。

不管别人怎么说怎么看，她至少争取了。

得之我幸，失之我命。

4

许子心风雨无阻地去了一周的健身房，再回到寝室已经没有一周前的雄心壮志，腰酸背酸，胳膊疼腿疼，就没有一个地方是舒服的。

应承还特别严肃地问她："你确定你真的经常运动？"

许子心好不容易挺直腰背："那是，我高中运动会的时候还跑了八百米呢，跑了第五名！"她对不起真正跑了八百米的阿珩！

应承表示不敢置信。

已经十点，许子心开门进去，竟然还闻到了浓郁的泡面香味，她为了配合运动，最近食量也减少了许多，傍晚只吃了点蔬菜，那么大强度的运动之后早就饿得不行。

　　她克制不住，肚子咕噜噜叫了两声。

　　刚刚掀开泡面纸杯盖的萧潇深深吸一口气，一眼就看到了进门的许子心，招手："你回来啦？今天怎么样？有没有更深一步的进展？"她挑眉，笑得邪邪的。

　　"没有你想的那种猛料。"许子心撇撇嘴，"我还是个纯洁的少女，不要把我带歪！"

　　"嘁，上次一起看片的时候，你可是比谁都嗨！思春的少女最不纯洁了，你不知道嘛！"萧潇一脸鄙夷。

　　许子心浑身没力气，也没和她辩，放下东西瘫坐在椅子上。

　　萧潇捧着泡面走过去："你脸怎么这么白？"

　　泡面的香气扑鼻而来，许子心深吸一口气，随即转过头，紧闭双眼："没事儿，我就是有点儿饿。"

　　"那你要不要吃点？"萧潇好心地把泡面送过来。

　　许子心没憋住气，狠狠一吸，整个人都崩溃了。

　　许子心打了个饱嗝，将纸杯重新还给萧潇："我不吃了，你吃吧。"

　　萧潇拿塑料叉子搅了搅，里面除了汤还有哪有一根面？

　　她去把汤倒了，又泡了一碗："刚刚还说不吃，结果吃得比谁都快！"

　　许子心正趴在桌子上进行自我反省，嘴里都是泡面的味道，刚刚还觉得好吃呢，这会儿只觉得无比罪恶。

　　"潇潇，你说你干吗要这么晚吃泡面……"

　　"我饿了嘛，减肥的又不是我。我刚刚也就跟你意思意思，谁知道你会全吃光啊！"

　　许子心拿额头在桌面用力地撞了好多下才停下来："我今天彻底白练了……"

第二天早上，许子心上完厕所之后把前两天买的秤拿出来，小心翼翼地站上去，数字不停地变化，最终停下来。

许子心咬牙，把睡衣脱了扔到一边，抱着胸低头继续看。

一点变化都没有。

萧潇爬起来，打了个哈欠定睛一看，吓得惊叫一声："心心，你怎么一早起来就裸奔！"

许子心下了秤把睡衣穿上去，长叹一声坐回去："你说我这么要死要活地练了一周，怎么一点都没轻，反而还重了一斤呢？"

"你可别怪我的泡面，它是无辜的！"萧潇爬下来，"哪有这么容易就瘦下来的，你想想之前比别人多吃了多少肉，继续加油吧！"

等许子心好不容易瘦下来一点，已经是一个月之后了。

她在萧潇的督促下，忍了一个月没上秤，好不容易过了一个月，她一大早就爬起来清了下肠，然后换上最薄最轻的睡衣，这才把秤给拿了出来。

萧潇还有老大、老二都坐了起来，脑袋从蚊帐里探出来看她。

许子心抬头看向萧潇，萧潇冲她握拳："去吧！"

她用力点头，一只脚一只脚地站了上去，数字又还是不停地变化，她紧张地屏住呼吸。

这一个月以来除了来大姨妈之外她天天去健身房报到，每天都要感受一遍应承的惨无人道，泡面也忍住了没再吃两根，因为有次实在忍不住从萧潇那里抢了一根来吃。

就这样要是还瘦不下来，她就不姓许！

数字终于停下来，许子心定睛看过去，尖叫出声："潇潇、老大、老二，我瘦啦！我轻了四斤！四斤哎！"

在床上探出脑袋看她的三位齐齐鼓掌，然后一个接一个地躺了下去，还是萧潇有点儿义气，有气无力地说："我再睡一会儿，你也再躺一会儿吧，还早着呢。"

许子心激动得厉害，哪里还睡得着。

付出果然会有回报，有些事情果然要尝到甜头才更有动力继续。

只是在健身房的应承一点都不留情面，她也很佩服自己被他那样狠狠训练过，居然还是觉得他哪里都好，真是疯了。

许子心兴奋地给应承发短信，结果他回一句："基数太大，你还需要继续努力。"

她顿时心灰意冷，刚想把手机扔到一边，短信提示音再度响起，她懒懒地点开看，居然还是应承发过来的："不过表现可嘉，值得表扬。"

许子心就忍不住笑得春风得意。

萧潇得知让她笑成傻子的不过是那么一条短信之后，忍不住点了点她的额头："你说你，你不只是去健身减肥的，更是去近水楼台先得月的懂不懂！都一个多月了居然还没点进展，我都替你着急。"

许子心抬手捂住自己的额头，闷声说："那不然还能怎么样嘛？"

"你那么多小黄文都白看了！"萧潇啧啧两声，"身体接触懂不懂？你也别再穿那套老古板的运动服了，穿点儿性感的，懂不懂？"

许子心觉得自己不止白看，还白写了，可事实上写写容易，做起来太难了啊，他专心致志陪她锻炼，难道她在一旁就想着怎么勾引他吗？

当然，还有个最重要的原因是她肚子上的赘肉还是特别显眼，哪里敢穿性感运动服？

萧潇骂她不开窍："对了，今天春季赛的半决赛，有你家男神，一起去看的吧？"

"那当然了！"

5

篮球春季赛已经进行到了半决赛，H大是上届秋季赛的冠军，大家都希望这次能卫冕成功，但据说现在已经赢了进军决赛的S大也不容小觑。

这次半决赛的对手一般，晋级倒是不会有什么意外。

即使如此，能一睹男神在场上的帅气，许子心怎么会放过？

春季赛一向受人瞩目，再加上半决赛正好在周六，所以现场的观众不少，不过许子心篮球队后勤的名号在这个时候便起到了关键性的作用，带着萧潇挤了进去，找了个最好的观赛位置。

她们到的时候比赛还没开始，队员们在场下聚在一起说话，好一会儿才散了做准备运动。

许子心抛下萧潇，挪到了应承身后，也不敢打扰他，等他停下来才敢上去搭话。

"要喝水吗？"她来之前特地去超市买了饮料，独属于应承的。

应承看一眼："等会儿。"

一旁的刘原没有眼色，凑过来："我要喝我要喝！不是只有辅导员有的吧？"

他刚想从许子心手里把饮料拿走，已经有人先他一步抢走，打开，灌了一大口，随后冷着脸说："我的。"

刘原瘪瘪嘴，哼一声转身走开。

许子心咬着唇低头笑。

应承把饮料再度扔进她怀里："你拿着。"

比赛终于开始，H大的篮球队牛到不行，打得对手毫无反攻之力。

时间很快过去，已经到了最后关头，对手已经绝无反败为胜的可能，这个时候应承刚好又投中一个三分球，许子心在场下叫得最为欢畅。

对手球员打得越来越憋闷，表情沉重，身体接触也越发了起来。

许子心看到了好多次有球员故意撞应承，气得差点儿冲上场和人干一架。

时间越来越紧张，许子心趁着比较安静的时候大吼一声："应承！加油！"

话音才刚落，在对方球员手里的篮球忽然直直地往她这里飞过来，速度快到她都忘了躲，额头连带着眼睛被篮球狠狠地砸上，她猝不及防，有点儿蒙，没站稳，直接倒了下去，疼得眼睛都睁不开，更别说站起来了。

把球扔出界的球员就在应承旁边，他眼睁睁地看着篮球打在许子心的脸上，一愣之后转头一拳打在对方的脸上，而后大步走出场，来到许子心身边。

萧潇蹲在许子心边上叫她："心心，你没事吧？"

许子心话都说不出来，只能捂着眼睛。

应承蹲下身，抬手抓住许子心的胳膊将她拉到自己怀里，另一只手覆在她捂着眼睛的手上，低声问："很疼？"

她说不出话，只能点头。

"别睁眼睛，我带你去医院。"他径直俯身将她抱起。

刘原叫他："辅导员，球赛怎么办？"

应承没回头："你搞不定？"

刘原讷讷："哎，行。"

许子心一直闭着眼睛，眼睛依旧疼得厉害，尽管知道自己是在应承的怀里，却也没有多余的心情去开心，脑子里只有一个想法：我该不会真的瞎了吧？

她试着睁眼睛，却疼得死活睁不开。这种黑暗她不是第一次经历，却足够可怕，她忍不住就湿了眼眶，抬手揪住了应承有些汗湿的篮球服，哽咽："我不会真的瞎了吧？"

"不会！"他斩钉截铁。

"我害怕……"她的声音颤抖。

"没事的，别怕。"

许子心往他怀里躲了躲，鼻尖有汗味，但是不重，算不上很好闻，她却一点都不嫌弃，反而觉得依赖。

应承的车停在篮球场不远处，他打开车门，小心翼翼将她放在副驾驶座上，替她系好安全带，这才绕过车头坐进车里，将车开了出去。

许子心双手紧紧地抓着安全带，整个人一直抖个不停："应承，我不会瞎的，对吧？"

"嗯，不会。"

"我不会看不见的，对吧？"

"嗯，不会。"

即使他这样斩钉截铁地回答，许子心依旧心慌意乱。

许子心害怕黑暗，那种什么都看不到，眼前只有黑暗的感觉，很怕很怕。

她初中的时候做过一次眼部手术。

初三上半学期的时候，她不知道为什么总是觉得眼睛疼，揉了眼睛会好点，没一会儿还是疼，那会儿她还以为自己要得绝症了，讳疾忌医，不敢跟爸妈说，持续了一段时间，实在是对生活有太大影响了才说出来。

爸妈带她去看了医生，结果说是倒睫，不是什么大毛病，就是下睫毛长错了方向，戳到眼球，所以才会眼部不适。

治疗也挺简单的，做个小手术就行。

一向健康的许子心头一次做手术，别的倒是没什么，只是手术之后好多天都得蒙着纱布，什么都看不到。

她曾经天不怕地不怕，遇到蟑螂能踩死，遇到毛毛虫还能抓起来看看，可那些天蒙着眼睛，却头一次让她感受到了害怕。

什么都看不到，每走一步都要小心翼翼，一不小心就会撞到东西，吃东西只能父母喂，就连上厕所也不能独立。

好在等纱布除去，她又能重见光明，从此之后她便开始害怕黑暗，一个人在家睡觉的时候总得开一盏灯。

许子心慌得厉害，便絮絮叨叨地和应承说这些往事，眼泪都不争气地掉了下来："你不知道，那些天我真的很害怕，害怕就算摘了纱布还是看不到。"

"不会的。"应承实在不会安慰人，来来回回就只会说这句话。

许子心却因为他的这句话慢慢缓过来，她吸了吸鼻子，可怜兮兮地说："你知道吗？我那个时候也遇到了一个小哥哥，你们的声音，特别像。"

6

那是她刚刚做好手术的第四天，正好是最难受最不适应的时候，妈妈带她去住院部楼下的院子里晒太阳，知道她心情不好，还带了本小说给她读。

只是读起来怎么都怪怪的，她心情反而更不好了，扯了好几次才从妈妈手里把小说抢了过来，闷声说："不要读了，我想吃冰激凌。"

许母连连应下，起身给她去买，走前还交代她不要走开。

妈妈不让她走，她却非要走，把书放在石凳上便起身摸索着到处走，结果没走几步就直接撞上了人。

她往后跌坐在地上，难过得想要哭，可还没能哭出来，就有人蹲下来，轻声问她："没事吧。"

许子心愣愣的，忘了回应。

实在是她从来都没有听过这么好听的声音。

他又问了一遍："没事吧？"声音低沉，听得让人直起鸡皮疙瘩。

许子心恍惚间反应过来，点头，拿手撑着地面想要起身，还没爬起来，那人已经抓住她的胳膊，扶着她站了起来，那人似乎是犹豫了一下，还替她掸了掸身上的脏东西。

"你家人呢？"他问。

"不在。"许子心说，"哥哥，你能扶我到那个凳子吗？那边有本小说的。"

他低低应一声，慢慢地扶着她走近，而后坐下。

许子心抓住他的衣袖，让他坐到自己身边："谢谢你啊，哥哥。"

他说了声没事，将那本小说拿在了手里，随口念了封面上的书名："局外人？"

许子心咽了咽口水，这声音用来念小说实在是太……

于是她没忍住，委委屈屈地开口："哥哥，你能念一段小说给我听吗？"

他犹豫，没有答应。

许子心夸张地叹了一声："你不知道我有多可怜，我眼睛做了手术，医生说我很有可能之后都看不到了，小哥哥，你真的不能读给我听吗？就一段，一段就好了。"

他似乎挣扎许久，这才翻开，犹豫着开口。

没错，是天空，就是那个在不久之前扔下我不管不顾、被我骂了个狗血淋头的江天空先生。

他走到我面前，我用小野猫似的夹杂着怨恨的目光，带刺而防备地看着他。他长长地叹了一口气，接着，顺手抓起桌上的湿毛巾，一声不吭地在我眼圈周围粗鲁地擦了起来。

我知道自己眼睛周围早被冲刷掉的眼影、睫毛膏画成了熊猫眼。

"喂！你是干什么吃的？！打哪儿冒出来的你啊！"

"我是她老公，你可以闭嘴了！很吵！"天空不带任何感情冷冷地说道，连斜眼都没给他一个，依旧专注在我那对熊猫眼上。

他停了下，轻咳一声，实在没有勇气再读下去："这是什么？"

"小说啊。"许子心说，"现在很流行哎，我朋友们都在看。"

他似乎是又翻看了几页，并没有再说什么，大概是觉得这种小说实在不是他的审美。

许子心心情好了许多，笑着叫他："你知道吗，你的声音真的超好听的，超级超级好听，我本来很难过的，可是听到你的声音都不难过了。"

"是吗？"

"对啊对啊。"生怕他不信，许子心忙用力点头，"你的声音好像能给人勇气。所以谢谢啊，小哥哥。"

他轻轻应一声，没有再说什么，似乎是在想些什么。

远处许母看到许子心在和陌生人说话，大声叫她："心心，你在和谁说话？"

他听到声音，起身："你家人来了，我先走了。"

许子心"哎"一声，有点儿舍不得，伸手一抓，居然握住了他的手。

她仰头，眼睛蒙着纱布，脸色有些发白，却扬起了唇，两排牙齿都因为笑容而露出来。她说："小哥哥，你加油啊。"

"嗯？"

"你来医院，是你生病了？还是你家人生病了？不管怎么样，你都加油啊！我也会加油的！"她说着，把那本书塞进他手里，"书送给你啦！加油加油！"

他顿了顿，说了一声"好"，又说了声"谢谢"。

她松开手："小哥哥，再见。"

"再见。"

这是他对她说的最后一句话。

关于这个小哥哥，许子心不知道他的任何信息，自然也没有再见过他，只是这么多年她依旧记得他的声音。

当初喜欢百谷也正是因为他的声音和当年的小哥哥实在太像。

"你知道吗？"许子心低声说，"你的声音，也和那个小哥哥很像。"

应承随口应一声。

"你，认识百谷吗？"她忍不住问。

应承没有回答，踩下油门："医院到了。"

应承下车替她开门，她嘴里还念念有词："怎么可能是一个人呢，百谷大大怎么可能会是男神嘛。"

应承就当没听到，当她的人形拐杖，扶着她去了五官科去检查。

到了诊疗室，许子心却死活不敢睁眼睛："万一我真的看不到了怎么办？"

医生好说歹说她都死死闭着眼睛，应承实在看不下去，抬手覆在她的双眼上。

她一怔，都忘了自己要说什么。

"你把眼睛睁开，没事的。"他说，"相信我，不会有事的。"

"真的吗？"

"嗯，睁开眼睛。"

许子心小心翼翼地睁开双眼，应承的手依旧覆在她的眼前，指缝间有微弱的光透进来，她便咧开了嘴。

应承缓缓将手挪开，阳光有些刺眼，她微微眯了眼睛，好一会儿才适应过来。

许子心忍不住一把抓住了应承的胳膊，仰着头，满脸的喜悦："我能看到，呜……好感动。"

应承有些无奈，空着的那只手张开五指，按在她的脑袋上，硬生生将她的脸转向了一脸黑线的医生。

一连串检查之后，许子心终于听到医生说没什么大碍，轻微的血管破裂，就是之后几天用眼得小心一些。

许子心还有点儿不放心："医生叔叔，我不会瞎的吧？真的不会瞎吧？"

"你就放心吧。"

7

劫后余生，许子心在回去的路上总算恢复了活力，给萧潇打了个电话。

许子心在听萧潇表达了五分钟的担忧之情后，终于能插话进去："检查过啦，没什么事，你别担心。"

萧潇舒出一口气来："快吓死我了。"

"对了，我们赢了吧？"

说起这个萧潇就精神了："那可不得必须的！你被你男神带走之后，我们学校篮球队都跟杀手一样，一个个都杀人不眨眼啊，直接把他们灭了，让他们耍阴的，哼！"

许子心又和她唠了几句才挂电话，然后一脸兴奋地对应承说："我们学校赢啦。"

"赢不了他们就该回炉重造了。"

许子心撇撇嘴。

篮球队赢了半决赛，晚上篮球队的队员自然要聚餐，应承原想送许子心回去休息，可架不住她的死缠烂打，还是和她一起到了聚餐地。

不过许子心没想到的是，他们的聚餐地点居然又是那家烧烤店。

虽然那天晚上的事情她记忆模糊，但总归还是有些印象的，她下车之后未免就有那么些尴尬，偷偷瞄了应承一眼。

见他自然的模样，她也就挺直了腰板，有什么可尴尬的，她正在积极落实那天晚上的豪言壮语呢。

大家见许子心一脸没事儿人一样的过来，刘原率先冲上来，捧着她的脸左看右看："你眼睛没瞎吧？"

许子心呸一声，抬手把他的两只爪子拨开："你这是咒我呢！我这超级无敌美少女，怎么能瞎了眼睛呢！"

刘原呵呵笑了两声："我们刚点好串儿了，不知道你要过来，可能点得不够，要不你再去点点？"

许子心瞪他一眼："你什么意思，我在减肥呢，点什么点！"

许子心在一群男生中简直如众星捧月，她笑嘻嘻地坐在了应承身边，十分自觉地想要表现自己小鸟依人的一面。

酒已经上来了，许子心一向豪爽，大家酒杯举起来她就碰一下想喝，杯沿还没碰到嘴唇呢，酒杯忽然就被人给抢走了，她满脸诧异地看着应承手里握着她的酒杯。

她"哎"一声："怎么啦？"

"医生说不能喝酒。"

大家起哄："哎哟，黑骑士来啦！"

许子心捂脸："你们别这样，我会不好意思的。"

应承直接把酒杯放回桌上："我还要开车，不能喝酒。"

许子心脸上的笑僵了僵，尴尬地拿了个串啃了起来。

她怎么忽然就忘了，这里他最大，哪里有人逼着他喝酒的道理。

于是大家都喝酒，只有他们两个喝橙汁，许子心有些心痒痒，想喝酒，可每次手才刚刚碰到酒杯，应承的眼神就直接扫过来，她只能默默地拿起杯子，猛灌一口橙汁。

大家喝了酒，就有些百无禁忌，本来还在吐槽 S 大的篮球队，不知道从什么时候开始就说起了许子心的丰功伟绩。

"上次就是在这里！我们许子心同学拍着桌子站起来说要追应承的，大家还记不记得！"

"怎么会不记得呢！那天许子心的光辉形象直到今天还屹立在我的脑海里！"

"许子心，来来来，再来重现一下呗，让我们都开心开心！"

许子心有些尴尬，关于那天晚上的事情，她其实一直有些混乱，也就模模糊糊记个大概。人喝醉了脑子不清醒，也就没什么廉耻心，可今天她可是滴酒没沾，倒真是不大好意思再说一次。

大家都在起哄，她咬咬牙，猛地起身。

圆桌边的所有人都满脸期待地看着她，她一闭眼，刚要说话，按在桌面的手却忽然被人握住，她怔了怔，低头去看。

应承放下杯子站起来，原本握住她的手移到她的胳膊，将她往身边拉了拉："她眼睛受伤了，需要早点儿休息，我先送她回去。卡在这里，今天我请客。"话说完，他把银行卡放在桌上，已经连拖带拽地拉着许子心走开。

"哎哎哎……"一群人不舍地号叫。

"今天应承怎么回事，感觉对许子心特别好啊。"

"你们说，会不会……"

"不会吧，之前英语系系花那样追他他都视而不见，总不至于会看上许子心了吧？"

听到这话，刘原不乐意了："许子心也没那么差吧。"

"当然她人是很好啦，不过你说实话，这脸和身材能和系花比嘛？"

"那也没那么差啊……"

"哎，刘原你什么意思，怎么总是替她说话，你难不成还喜欢她？"

"什么啊，她是我的同学，又是我带到篮球队来的，你老说她不好我能忍？"

"好啦，都别吵了，我们是来庆祝进入决赛的，又不是来吵架的。"

许子心跟跄了好几步才稳下来跟上应承的脚步，不舍地回头看了眼没怎么吃的烧烤，小声嘟囔："我还没吃饱呢。"

她这么小的声音，他居然也听到了："没吃饱？"

许子心看了看他的表情，总觉得他脸色不善，咽了咽口水，摇头："吃饱了……"

应承没再问她，拉着她去了停车场，开车离开。

许子心也不敢问是不是回学校，但是车内氛围实在太尴尬，她犹豫了很久终于说话想要打破这种尴尬："那什么，你生气了？其实我刚没想随他们的意的，我又没喝酒，才不会耍酒疯呢。"

他就"嗯"了一声，也不知道是在回应什么。

"应承……"她凑过去小心翼翼叫他。

他没回答。

她就又凑近一点："应承？"

他终于说话："坐好。"

"哦。"她瘪瘪嘴，刚坐好，他就已经踩下刹车，将车停在了路边。

还没到学校，许子心探头看了几眼，有些不明所以："你怎么停车啦？"

"你不是说没吃饱？"应承在解安全带，"下车吧。"

许子心惊喜："真的？吃烧烤？"

8

看着桌上一大盆砂锅粥，许子心长长地叹口气：好想吃烧烤……

应承好像一眼看穿她没说出口的话："少吃点烧烤，不健康。"

许子心想了下自己好不容易才减下来的两斤肉，不得不承认他这话说得有道理，忍痛点头："好！"

应承替她盛好一碗粥移过去，等他盛完自己的，一抬头，发现她捧着粥正一脸花痴地笑："不吃？"

她笑嘻嘻的："我要多看几眼，你给我盛的粥。"

海鲜砂锅粥看起来清淡，味道却很不错，就连许子心这种不喜欢喝粥的人也又盛了一碗，见对面没什么动静便擦擦嘴抬起眼，这才发现应承早就吃好了，正看着她。

她舔舔嘴角，有点儿不好意思。

他忽然起身，上半身探过来，和她靠得很近，她抿紧唇，紧张地打了个嗝，看着他眼睛都不敢眨。

他的手伸过来……

许子心深吸一口气，他不会是要……

回想自己刚刚吃了不少凉拌黄瓜，她懊恼地皱了脸，垂下眼不敢看他，可即使如此，依旧能感受到他的视线落在她的脸上，那样灼热，她的心跳不知不觉就乱了节奏。

她做足了心理建设，终于仰起头，在抬头的一瞬间，鼻尖被他的指尖碰到，她浑身颤了颤，没反应过来。

应承已经坐了回去，抽了张纸巾擦去了指尖上沾到的蒜泥："你用鼻子吃东西？"

她瞬间面红耳赤，抽了好几张纸巾在脸上四处擦了擦，只可惜没能擦掉脸颊的红晕，傻傻地抬起头，冲着应承笑。

害羞是一回事，肚子饿又是一回事，许子心还是没能在应承面前控制住自己的食欲，一不小心就吃多了，等她摸着肚子叹气的时候已经太晚，颇为懊恼："你怎么不提醒我少吃一点呀，吃这么多，我得在健身房练多久……"

"你是病人。"他起身，把她摘下放在一边的棒球帽一把盖在她头上，"走吧。"

应承送她到寝室楼下，许子心刚想告别下车，手机铃声忽然响起来。

她看一眼，笑嘻嘻地给应承看手机屏幕："是刘原哎。"说着接起来，顺带朝他摆摆手，开门下车，"咋啦？还有啥事嘛？"懒洋洋的。

"没什么，就是问下你到寝室了没。"刘原喝得有点儿多，舌头都有些打结。

"嗯，刚到，你们呢？结束了？"

刘原呵呵地笑："刚结束第一场，这会儿打算去唱歌。"

"啊……唱歌……"许子心满满地失落，"我也好久没唱歌了。"

"要来吗？"他刚说完就自我否定，"不行不行，你今天受伤了，还是回去休息，下次吧，下次。我请你！"

"这么大方？我可录音了哈，等着你下次请我唱……"

话还没说完，手机忽然被人抽走，她"哎"一声，眼前一阵黑，她抬手将遮住脸的棒球帽摆正，抢走她手机的不是应承还是谁？

他正对着手机说话："你们去唱歌？"

"辅，辅导员？"刘原目瞪口呆。

那头乱糟糟的："老大吗？让我说话，让我说！我们唱歌也能刷你的卡不？"

"刷吧。"两个字简洁有力。

那边欢呼着："老大万岁！"

刘原重新接过手机，缓了一会儿，酒都醒了一大半："辅导员，那谢谢你请客啦。"

"去玩吧。"他说完直接挂了电话，把手机扔许子心怀里，"还不进去？"

瞧这话说的，之前手机在他手里，她怎么进去？

不过这话她可不敢说，只是捧着手机仰头傻笑："你怎么又下来了？"

他抬手拍了一下她棒球帽的帽檐："是谁又把帽子忘在车上？"

"对哦……"她扶正帽子，舍不得进去，偷偷看他一眼，又看一眼。

"还不进去？"

"这就进去啦。"她努努嘴，一步三回头地走了进去，都已经走到了楼梯，脑袋一热又冲了出去。

应承还没走，双手插在口袋里，站在寝室门口的台阶边，微微低着头不知道在想什么。

许子心直接冲到了他面前，堪堪停住脚步，仰头，微微喘气。

应承低头看她："怎么？"

其实并没有什么事，只是忽然想再和他说几句，只是忽然想再多看他一眼，许子心脑袋转得厉害，努力地想找话题："嗯，那个，什么……"实在不知道该说什么，她便露出笑容，"只是忽然想起来没有和你说晚安。"

她带着灿烂的笑，眉眼弯弯的，路灯在她眸中反射出璀璨的光芒，仿佛闪烁的星空。

应承微微一怔，回过神来，抬手拍了下她的帽檐："嗯，晚安。"

春季篮球赛的决赛依旧在 H 大进行，已经到了四月下旬，天气暖和起来，许子心在半决赛时候伤到的眼睛也已经完全好了。

原本决赛早就要举行的，正好凑上 H 大的运动会，就一起举办了。

大家早没有高中那会儿的激情，提起运动会也没什么人响应，报名表在班里转了一整天也没人报几个项目，班主任知道之后就把这任务交给了应承。

晚自习的时候应承正好提起这事儿，有了压迫才有动力，多了不少人报名参加，许子心原本对运动会是深恶痛绝的，尽管应承的眼神几次扫到她这里，她都若无其事地移开了视线。去健身房锻炼已经够累了，她可不想再去参加运动会……

许子心熬到了晚自习结束，生怕被应承叫住，躲在人群里偷偷摸摸想要溜，还没走出教室门口，卫衣的帽子被人拉住，她脚步一顿，回身，看到应承带着隐隐的笑看着她："许子心，你留一下。"

萧潇给了她一个"自求多福"的眼神，特别不仗义地跑了。

许子心暗骂一声，转过脸就换了表情，嘿嘿笑起来。

9

教室里还有认真的学生在学习，应承拎着她的领子到了走廊末端，他朝她示意了一下手里的报名表："之前说八百米得第五，一百米得第二的是谁，怎么一个项目都不报？"

许子心欲哭无泪："一定要报名吗？"

"所以你以前的那些话，都是用来骗人的？"

许子心追悔莫及，可自己选的路，跪着也得走下去："好！我报名！"顿了下，特别没底气地问，"要不，铅球？"

"八百米？"

许子心犹豫了一下，决定早死早超生："要不，还是一百米吧？"

"嗯。"应承大笔一挥，"正好还缺了个一百米。"

许子心这才反应过来，自己这是被算计了，可看着应承一脸正直的模样，就什么话都说不出来了。

只是想了想还是有些委屈。

"那我跑一百米你会来看吗？"

"嗯。"他应下来。

许子心这才重新笑出来："那就好啦！"

只是没想到，许子心好不容易进了决赛，才知道应承参加的篮球春季赛和女子一百米决赛的时间撞车了。

春季赛的名头大得很，可比女子一百米有看点多了，绝大部分学生早就跑去了篮球场，女子一百米决赛大概应该是整个运动会最冷清的比赛现场了。

偏偏还下起了春雨，虽然不大，原本就不多的学生又少了一大半。

萧潇替她撑伞，等着入场："你看看你的面子有多大，我们的友谊有多坚固，我居然为了你放弃了看帅哥打篮球！"

许子心哀叹一声："我比你还想看决赛啊……"她捂住脸，过了会儿抬起头，"要不，我不比赛了，我们一起去看比赛吧？"

萧潇啐一声："你家男神不会放过你的，相信我。"

"啊……"许子心头疼不已，只能硬着头皮上场。

雨虽然不大，但淅淅沥沥，没了雨伞头发就蒙了一层水珠，许子心抬手抹了一把，幻想了一下自己得了第一名的场景。

还没幻想完，枪声已经响起，她反应慢了一些，晚了别人一步冲出去。

这是一百米，不是八百米，晚的那一步都有可能成为关键，跑完一百米的时间以秒为单位进行计算，十秒过去，她已经知道自己输定了，不止前三名没有指望，甚至有可能成为最后一名。

偏偏她穿的鞋子一丁点儿都不防滑，都快跑到终点了，脚底还滑了一下，以最难看的姿势狠狠摔在了跑道上。

雨大了些，砸在身上有些疼，也有些冷，她知道尽管没什么人看比赛，她这副样子依旧会成为大家的焦点。

她动了动胳膊，伸手捂住了脸，实在没脸起来了，能不能就这样消失？

砸在身上的雨点忽然消失，她脑袋迟钝地反应过来，肯定是萧潇看不过去，替她撑伞来了。

她依旧一只手捂着脸，另一只手摸索着抓到了她的裤脚，扯一扯，示意她蹲下来。

等感觉她往下了，这才低声说："潇潇，要不你把伞再往下挪一点，遮住我的脸？"

没人理她。

她觉得不对劲，依旧扯着她裤脚的手又动了动，忽然就想起来，萧潇今天穿的是裙子和裤袜，哪里来的裤脚？

她猛地侧过脸去看，抬头，看到的是应承那张带着浅淡笑容的脸。

那个笑容，绝对是嘲讽！

他单手握着一把黑色的大伞，几乎能遮住她的大半个身体，他还真把伞往下挪了挪："这样？"

许子心哀叹一声，怎么偏偏这样子被他看到！

她恨恨："要不，你还是走吧，我实在是有点儿尴尬。"

他自然没走。

她可怜巴巴地坐在跑道上，头发湿的彻底，黏在脸颊，真是要多狼狈就有多狼狈。

她捂脸，又放下手，已经自暴自弃。

应承起身，朝她伸出手。

许子心看着眼前那只骨节分明，好看到令人发指的手，下意识地咽了下口水，而后缓缓抬眸看向他的脸。

他脸上早就没了刚刚的笑，不知为何显得格外真挚。

她缓缓伸出手，指尖触上他的手，忍不住打了个寒噤。

他手用了力，直接握住她的手，一把将她拉了起来，她腿发软，晃了晃才站稳。

她起身了，他却没有放开她的手，只是大步走出了跑道。

许子心起先跟跄跟上，应承大概是察觉到自己走路步子太大，便配合着她走慢了些。

他没有回头看，所以她能肆无忌惮地看他，他穿着宽松的运动裤，上身是篮球服外面套了一件卫衣，额上还有汗，头发也有些湿，却不像是雨水，大概是刚从球场上下来。

许子心低头看一眼他拉着自己的手，刚刚的丢脸早就被她抛到了脑后，她咬着唇痴痴地笑。

等清醒的时候，已经到了寝室楼下，他已经放开她的手，让她快回去换衣服。

他说了第二遍她才反应过来，应一声，却没走，反而伸手，抓住他卫衣的衣角，扯了扯："你怎么会来，不是在比赛吗？"

"我被换下场了，去看一眼班里的比赛进度。"

许子心努努嘴，自言自语："说一句是来看我的就那么难吗？"

她知道应承听到了，可他没有回答。

她握了握空空的手，总觉得手心还有他残余的灼热温度，抬头："你等我一下吧，我去换下衣服马上出来，我想去看比赛。"

"回去洗个热水澡休息，不要再出来了。"他拒绝，见许子心瞬间低下头，犹豫了下，又说，"我出来的时候已经是最后十几分钟，现在应该已经结束了。"

"啊？真的？"

他一脸"我用得着骗你"的表情。

许子心满心失落："也不知道赢了还是输了。"

应承唇角微扬："如果你现在去寝室洗个热水澡，休息一会儿，应该能赶上庆功宴。"

许子心眼睛都亮了起来，瞬间站直敬了个礼："那你等会儿把地址和时间发我，我赶过去！"

| 第六章 /

WO
ZAIDENG
DENG FENG
DENG
NILAI

先爱上你的声音，再遇见你

▲

2010 年 6 月 7 日，高考正式开始。

2010 年 8 月 8 日，甘肃舟曲县发生特大泥石流灾害。

2010 年 9 月 3 日，举行抗战胜利 65 周年纪念活动。

2010 年 10 月 1 日，嫦娥二号在西昌发射中心成功发射。

2010 年 4 月，她遇见这个世界上最幸运的事情。

1

自从许子心从庆功宴回到寝室，整个人就一直飘飘然的，嘴里哼着她自己也听不懂的歌，开心得不行。

其实也没怎么的，就是她收到消息想自己赶去餐厅的时候，一下寝室楼就发现应承等在楼下，依旧拿着刚刚的伞。

他看一眼她空空的手："过来。"

许子心躲进他的伞下，捏住他的衣袖，然后又小心翼翼地抱住了他的胳膊。

他没有甩开。

已经足够她开心到不行。

萧潇盘腿在椅子上看综艺，实在没忍住，摘了耳机转过身叫她："心心，你难道忘了自己今天在一百米决赛出的丑了？怎么情绪转变这么快？"

许子心哼一声："不和你这个叛徒说话！"

比赛的时候，许子心刚起步萧潇就跑去篮球场看球赛了，中途回头看了一眼，看到她摔倒也没回来，头也不回地朝她的篮球帅哥们去了。

当然根据萧潇的说法是："我看到有人替你打伞去了，所以我才没回去。"

许子心啐她一声马后炮："要不是辅导员，我这会儿还在雨里呢。"

萧潇不知道那人是应承，这会儿"哎哟"一声："那我没留下来做电灯泡不是特别明智吗？"

"借口！"许子心哼哼。

第二天是周末，许子心她们寝室照例睡懒觉，她是被手机 QQ 的振动声给惊醒的，她半睁着眼睛拿过来看一眼，见发消息的是她许久不见的编辑大大，瞬间吓得把手机扔了回去，被子一盖继续睡觉了。

等再醒来的时候已经是下午了，实在是饿得不行，这才从被子里探出一个脑袋，趴在床沿看已经下床的萧潇，有气无力："我快饿死了……"

"给你打包的午饭都凉了！"萧潇抬头，埋怨，"我刚叫了你好几次你都不醒，泡面要吃不？"

许子心连连点头。

"那你下来洗漱，我帮你泡泡面。"

许子心感动得飞速下床，洗漱好坐在桌前的时候，萧潇正好把盖子掀开，她深深嗅一口，先抱着萧潇亲了一口，这才开始吃泡面。

她边吃边把手机解锁看消息，她的编辑后来还给她发了几条消息，她看了一半就被泡面呛到，喝了几口水才缓过来："什么？"

"怎么了？"萧潇探过头来，"又发生什么大事了？把你吓成这样！"

"百谷大大，听说百谷大大要参加活动了！"

"就是你很喜欢的那个配音圈的大大？"萧潇对这些不大熟悉，"恭喜你啊！你终于能见到偶像了哎！"

许子心特别虔诚地回编辑的QQ："亲爱的，那个凌天社的十周年活动，能帮小的弄张入场券吗？"凌天社是百谷还未进入商配圈时候待过几年的配音社团，这次要不是举办十周年的庆祝活动，百谷这种级别的人物也不会随便出席。

编辑回得倒是挺快："哎，还以为你出事儿了呢，终于知道回了啊。"

许子心给编辑做了无数的保证讨她欢心，这才让编辑松口把她弄到的那张入场券让给了她："所以你的稿子……"

"感谢你的大恩大德我已经努力努力再努力……"

编辑都忍不住笑出声："不过听说，虽然这已经是内部活动了，你家百谷大大还是不会露脸哎。"

活动是在下周五晚上，许子心还在纠结要怎么在应承的火眼金睛下逃掉晚自习前去参加活动。

萧潇在替她想点子的时候忍不住问："你不是喜欢你家男神，为什么还要去参加活动，见据说连脸都不会露的百谷？"

"你不懂。百谷大大对于我来说是偶像，是高山，是可远观而不可亵玩的存在，我崇拜他这么久，有机会看到他真人当然不能放过，但是只要远远地看到他就已经满足了。至于应承嘛，"她握拳，"是我势在必得要拿下的！"

萧潇叹一声，继续替她想办法。

不过办法没想出来，事情倒是出了转机。

周四晚自习的时候，进教室的除了应承还有一个陌生的男人。

许子心只觉得眼熟，却实在记不起来那人是谁，萧潇捅她胳膊："那不是我们之前的那个辅导员嘛，旅游出车祸了的那个！"

许子心这才反应过来："哦，对，是他……他怎么……"

下面学生还在窃窃私语，应承已经带着他们的前辅导员上了讲台。

"之前这半年，我暂代了你们班辅导员的职责，现在你们辅导员健康回来，从今天开始，我就不再是你们的辅导员了。"

他说得平淡，下面却是一堆女生喧哗着："那你以后不会来监督我们晚自习了吧……"

他说是，女生们都号着不想让他走。

真正的辅导员尴尬得不行，轻咳一声拍了拍讲台："我明白你们对应承的不舍，但是你们得接受，以后的辅导员就是我了。"

下面闹得更厉害了。

许子心的心情也有点儿复杂，看着新辅导员拍了拍应承的肩膀，应承转身出了教室，她顺着他的身影看过去。

虽然说她这一周都一直琢磨着明天怎么逃脱他的晚自习，但他突如其来说不再是他们的辅导员，心里还是有点儿空落落的。

许子心回身拍了拍刘原："那他还和你们一个寝室不？"

刘原也被这消息吓了一跳，好不容易才缓过神来："我不知道，我也是今天才知道这个消息啊……"

萧潇作为最理智的一人，慢悠悠地凑过来："他本来就暂代而已，而且马上就要大四了，走也是很正常的啦。"

许子心拿出手机想给应承发消息，可却不知道说什么，最后干脆打开了天涯更新帖子去了。

她有空就会更新帖子，帖子倒是一直没沉，一直都在首页，甚至还有几次上了推荐和总结盘点，她都吓了一跳。

总有不少人私信或者跟帖问她能不能转载到贴吧、空间、微博之类别的地方，她都一一谢绝了，万一传出去被应承或者认识的人看到了怎么办。

晚自习结束的时候，许子心让刘原回去探探，看应承还会不会住校，结果刘原发来消息，说应承没回寝室，寝室里一个人都没有。

许子心有些没底，萧潇说得没错，马上就要大四了，他在学校的时间会越来越少，篮球队、健身房，她能见到他的地方肯定越来越少……

许子心想给他打个电话，看了看时间，拨出去了又马上挂掉，最后还是发了条短信过去："明天去健身房吗？"

好一会儿，他的消息才回过来："明天有事。"

许子心看着这简单的四个字，心里头有些不是滋味，想再说些什么，又想不到什么话题，干脆把手机扔到一边，睡觉去了。

2

周五下午的活动就在 H 大附近的酒店举行，去的都是曾在凌天社待过的大大，还有就是邀请了五十个粉丝，许子心就是作为这五十分之一去参加的。

因为换了个辅导员，她毫无压力地逃了晚自习，在萧潇的帮助下好好打扮了一番，她在酒店门口下车，对着玻璃门左右看了下，最近又瘦了一些，衣服却是以前的，倒是显得有些松松垮垮的了。

想到体重，她便又忍不住想到应承，自从昨天晚上那四个字之后，她还没和他联系过。

他们之间从来都是这样，一向都是她主动找他，如果她不主动，他从来都不会发任何消息，好在她一直乐观，毕竟是自己在倒追，他能回应就已经要谢天谢地。

她对着玻璃给自己打了打气，这才从包里找出编辑给她寄过来的入场券，推门进了酒店。

凌天社专门包了一个厅，做了个自助酒会的模式，她到的时候已经有不少人在了，桌上都有名牌，她找到自己的座位，圆桌旁坐着的都是凌天社的粉丝。

比起她只粉百谷，大家都对凌天社如数家珍，反倒显得她不是真爱粉。

感觉再聊下去就要穿帮，许子心借口要去洗手间，匆匆逃走。

她去洗手间坐了会儿，萧潇正好给她发消息，说辅导员没点名，让她放心。她吃了定心丸，打开隔间的门出去，洗了把手就打算回去。

她甩干手上的水抬起头，走在前面的是个熟悉的背影，她小心翼翼试探地叫了声："应承？"

前面那人停下脚步，回过身来。

许子心倒吸一口气，居然真的是应承，他昨天说的有事，原来是真的有事……

应承看到她，上下扫视一眼，微微皱眉："现在不应该是晚自习？"

"啊？啊……对……"她祸从口出，这会儿连忙想对策，"我亲戚结婚，和辅导员请过假了的。"

"是吗？"应承倒也没怀疑，今天的确是个好日子，酒店很热闹，许多新人都在举办婚礼。

许子心倒是想再和他说几句话，偏偏他手机铃声响起来，不知道那头说了什么，应承应道："我已经到了，马上过去。"

许子心有眼色："你快去，快去吧，我妈妈肯定也等急了。"

重新回到活动现场，圆桌旁的小伙伴们居然都开始在聊百谷，她立即兴奋起来，加入她们的对话。

"这还是百谷大大第一次参加对外的活动，你们说他真的会来吗？"

"都放出消息了，不来不大可能吧。不过我是听说他不会露脸，神秘到这个地步也没谁了。"

"说真的，这些年我最佩服的就是百谷大大了，你们说他到底是什么人？"

"也有可能又矮又丑，所以才那么神秘，如果很帅的话，干吗都不露脸？"

这话听着许子心就不高兴了："百谷大大声音那么好听，肯定也很帅，非常帅！"

有人想反驳，灯光暗下来，主持人出场。

两个主持人是凌天社近几年的王牌，一男一女，一上来就模仿了一些经典角色的对白，炒热了气氛，这才宣布活动正式开始。

百谷毕竟神秘，是最后一个出场的，出场的时候全场灯光都暗着，许子心的心都提了起来，双手握成了拳放在不停抖动的双腿上。

熟悉的声音响起，一束灯光打下来，打在缓缓出来的百谷身上，他拿着话筒，说的是他曾经最出名的音频中的一段台词。

百谷穿着一身黑衣，还戴着黑色的口罩，只露出一双眼睛，许子心在看到的那一瞬间猛地起身，带倒了面前放的餐盘，发出一阵乒乒乓乓的声音，桌上的人都不满地朝她看过来。

她却顾不得那些，只是呆呆地望着台上的那个人，他除了一双眼睛什么都没有露出来，可即便如此，她还是认出来了，那个身形、那个高度、那个轮廓……

不是应承还是谁？

许子心深吸一口气，还咽了咽口水，好不容易才缓过来，在看到大家奇怪的眼神之后才恍惚着坐下来。

怪不得她会在这里看到应承，怪不得应承的声音那么熟悉，她一直以为是巧合，谁能想到她的偶像百谷大大，居然就是应承，就是她义无反顾倒追的男神？

"怎么了？"旁边有人探过来问她。

许子心呆了一会儿，摇头："没什么，就是太激动了，没想到……"

"对啊，没想到，没想到百谷大大这么有型，单看眼睛就知道他肯定不丑。"

许子心已经反应过来，听到她这么说，想到只有自己见过真人，忍不住得意，怎么可能只是不丑，那绝对是好看，太好看了……

百谷一出场，底下便一片沸腾，许子心混在人群里呜呜拉拉喊着，也兴奋得不行。

接下来是互动游戏环节，大大们抽签和粉丝互动玩简单的游戏，许子心有些挣扎，既想被抽中，又担心要是被抽中，应承可不就识破她刚刚的谎言了？

偏偏她今天运气还真的是好到无与伦比，不只被抽中了上台，还是被百谷抽中了！

报出她号码的时候，全桌人都抑郁得不行，眼巴巴地看着她理了理衣服，一脸纠结地上去了。

应承一看到她就蹙起了眉心，她颇有些尴尬地站在他身边，也不敢抬头看他一眼。

应承是头一个抽的签，接下来是别的大大在抽，他们站在后面仿佛被遗忘。

"亲戚结婚？"许子心耳边响起他低沉的声音，浑身一颤。

许子心仰头看他，同样咬牙："百谷？"

两人对视了一会儿，都默默地移开了视线。

游戏很简单，就是需要点亲密接触，据游戏推荐者兼主持人的说法是，这次游戏就是给粉丝谋福利的，毕竟下一次还不知道会不会有这样的活动了。

一堆吹好的气球被带了上来，他们需要拥抱在一起把气球挤爆，一分钟之内哪一对爆裂的气球最多就算赢，能获得奖品一份。

许子心看一眼已经转过身面对她的应承，有些不知道该怎么下手。

偏偏主持人还要过来采访："这位幸运的女士，你能和这么神秘的百谷拥抱的感觉，怎么样？"

"呃……"所有人的视线都集中在她身上，她的脸忍不住红了红，"有点儿紧张。"

主持人笑："我能给你的建议就是，请享受接下来的一分钟。"

许子心偷瞄了应承一眼，明显感觉到他的无奈，他这副样子，她倒是忍不住笑起来，拿了个气球放在胸前，朝他走了一步。

她一手固定着气球，另一只手张开，轻轻搭在了他的腰上："我可不是故意吃你豆腐，这是游戏。"没有话筒，台上台下又格外热闹，她这么点声音也没人能听到。

"我看你倒是挺开心的。"他低声说。

"对呀！"她一点都不隐藏自己的欣喜。

3

主持人说了开始，许子心刚想用力，却不想一只大手已经放在她的腰后，她还没反应过来，已经被带向他，被夹在中间的气球随之爆炸，她吓了一跳。

应承低头，看到她吓得差点儿跺脚的样子，忍不住扬眉，眉角眼梢又带了笑意。许子心正好抬头，撞进他的眼里，一时愣住了，连正在玩游戏都忘了。

他笑起来可真好看，最开始见到他的头发长了些，这会儿顺毛留在额前，整个人显得柔软不少，虽然黑色口罩遮住了他的大半张脸，可那双漂亮的眼睛带着笑意实在让人想入非非。

许子心下意识地咽了咽口水，耳边的欢呼声尖叫声再次响起，她醒过神来，终于意识到这是在台上，连忙把脑袋里那些乱七八糟的东西甩出去，匆匆捡起气球继续。

她手依旧搭在他的腰上，他的双手却已移到了她的肩膀，每次他的手一带，她的脸颊便刚好贴上他的胸膛，本来就有些脸热，等游戏结束的哨声响起的时候，她的脸已经红得不能见人了，只能用双手捂着脸躲在他身后。

因为她中途晃了神，别说第一名了，只拿了个最后一名，主持人还特别好心，没有礼物还让应承抱她一下权当安慰。

许子心匆匆搭了一下他的腰就转身跑下了台，也来不及看应承是什么反应。

坐回座位，那群人都格外羡慕她和百谷亲密接触，一个个都问她百谷近看好不好看。她喝了杯酒压压惊，特别不道德地开口："远看还好，近看很一般，怪不得要戴口罩呢。"

大家"咦"一声，也都没了兴趣，自顾自聊天看后面的游戏去了。

许子心忍不住又喝了一口酒，脸上的红还是褪不下去，原来她内心也是个纯情小女孩来着，不然怎么抱了抱就脸红成这样？

今天受到的冲击实在太大，谁能想到那个神出鬼没的百谷居然就是应承？她耍花样倒追的应承就是那个她崇拜了多年的大神？

简直太不可思议了！

而且，他搭在她肩膀上的手心那么烫，她脸侧贴过的胸膛那么坚硬……

她咬咬唇，深呼吸了一下，干脆把酒拿到了自己这边，一杯杯倒来喝了。

许子心酒量本来就一般，不小心喝得多了点儿又开始犯晕。

她跑去洗手间，想吐又没能吐出来，洗了手就出来了，可她头晕得厉害，根本找不到路回去，转来转去的居然就出了酒店。

春天的晚上还有些凉，她为了来见偶像，特地穿了单薄的连衣裙，连外套都没带，这会儿出门被冷风一吹，就忍不住打了个寒噤。

她呆呆地望了望四周，有些蒙，干脆在角落的台阶上坐下来，脑袋埋在膝盖里眯着眼睛休息，连呼出来的气都烫得不行。

迷迷糊糊中手机响起来，她眯着眼睛从口袋里把手机翻出来，也不知道是谁，口齿不清地说了些她自己也不知道是什么的胡话就挂了电话。

恍惚中有一双熟悉的热烫的手搭在她的肩膀上，她抬头去看，眼前好几个人影在闪，好一会儿才汇聚成一个人像。

她笑："啊……是辅导员……不对，不是辅导员了，是应承……不对不对，是百谷，是百谷大大……"她摇晃着抬起手，猛地捧住他的脸，"你不要动，让我看看清楚，你到底是谁？"

遮住大半张脸的黑色口罩已经被摘掉，许子心的眼睛眨了又眨，一脸的不解："你明明就是应承，怎么就成百谷了？不是在骗我吧？"她双手用了点力，捏了捏他的脸颊。

应承抬手想挡开她的手，没能成功，轻叹一声："怎么喝这么多？走了，回学校。"他难得这样温柔，连声音都好听了几百倍。

她傻傻地笑，双手还是捧着他的脸，呆呆地望着他的眼睛，脑袋越来越沉，猛地往前靠了过去。

许子心翻了个身，感觉阳光无比刺眼，哑着嗓子喊："潇潇，别把窗帘拉开……"

没人应她，她也不在意，把被子往上拉了拉，又翻了个身继续睡了。

只是忽然觉得不对劲，寝室里的床那么小，她翻个身就能撞到墙，怎么今天感觉床这么宽敞……

许子心瞬间清醒，蓦地坐起身，睁开眼睛又觉得阳光刺眼，给眯起来了。

不对，不是在寝室，可是这个房间怎么这么熟悉？

天哪！是应承家！

许子心揉了揉眼睛，终于适应周六一早就格外好的阳光，她怎么会在应承家里？

昨天，昨天……

她记得昨天去了凌天社的创立十周年活动，然后发现百谷大大就是应承，然后运气爆棚抽中了和应承也就是百谷大大一起做游戏，然后不小心喝多了，然后……

然后呢？

她怎么什么都记不起来了？

她疯狂地抓了一把头发，头疼就不说了，怎么一喝醉酒就忘事儿，这次比上次更严重，脑海里关于昨天喝醉之后的事情真的一丁点儿都记不起来，所有的记忆只到她去了洗手间找不到回去的路为止。

许子心拍拍脸，深呼吸再深呼吸，低头看到自己完好的连衣裙，松一口气，至少没耍酒疯把衣服给脱了。

她掀开被子下床，脚还没碰地就发现了不对劲，她穿的肉色丝袜不见了，取而代之的是一条深灰色的宽大无比的把她整只脚都遮住了的运动裤。

啊！

许子心自暴自弃地躺回去，扯过被子盖上脸，昨天晚上到底发生了什么事……

好不容易才坐好了心理建设，许子心终于再度起床，开门去洗手间看了一下自己的模样，她昨天还化了妆的，可镜子里的自己却半点妆都没有，除了眼角的一点脏东西之外干干净净的。

她拿水冲了冲脸，实在无法相信，难道昨天应承还帮她卸妆了？！

许子心从洗手间出来的时候，楼下刚好有香味传上来，她赤着脚小心翼翼地走到楼梯处探头看下去。

应承正好将粥放到餐桌上，他下意识地抬头看一眼，许子心连忙把脑袋缩回去。

声音下一秒就传来：“别躲了，下来。”

许子心认命，乖乖下楼，还差点儿被长到不行的运动裤给绊了一跤。

她走到餐桌旁的时候，应承又从厨房过来，手里端着玻璃杯，放在她面前：“蜂蜜水，喝吧。”

她一脸感恩戴德地接过，喝了一大口，却又忍不住呛到，咳嗽了好一会儿才缓过来。

见应承坐在她对面开始吃早饭，她犹豫了许久，终于挣扎着开口：“那个什么……”

他抬头看她。

她一时语噎，又喝了口蜂蜜水才鼓起勇气："我怎么，会在这里啊？"

"你忘了？"他面色平静，不像是发生了什么大事。

许子心尴尬地点头。

"也没什么，你喝醉了，那副样子没办法送你回寝室，所以带你回来了，仅此而已。"他淡淡说完，把粥往她面前推了推，"吃吧，冷了。"

许子心这才真正松了一口气，表情也放松下来，正好也饿了，乖乖拿起勺子吃起来。

4

"没什么"这种话，也就骗骗许子心，换作别人也没那么容易相信。

昨天晚上她醉得晃来晃去，根本坐不直，应承好不容易才将她背上，起身往停车场走去。

她偏偏还闹腾得厉害，在他背上动来动去，嘴里哼哼唧唧也不知道说什么，他好几次都差点儿把她给摔了。

好在停车场不远，他总算将她放进副驾驶座，眯着眼睛歪在椅背上，嘴巴微张，轻哼着不知道在说些什么。他拿她没办法，探过身去替她系安全带。

"咔嚓"一声，他抬头，却看到许子心睁开了眼，她的眼睛原本就是最漂亮的，这会儿不知道为什么像是含了水珠一般，荡着令人心动的光芒，他一时之间有些发怔。

她忽然弯着眉眼笑起来，抬手再度捧住了他的脸，往前凑上去，不轻不重地碰上了他的唇。

她喝了酒，浑身都是酒味，两人近在咫尺，呼吸相闻。

不过是一触即走，她收回手，捂住唇痴痴地笑，像是占了多大的便宜一样，居然还不好意思地低头将脸埋进了手心。

应承抬手，轻轻地碰了碰下唇，而后起身，将车门关上，绕过车头回了车里。

　　他原本想回学校，可看了看时间，又看了眼她的状态，到底还是把她带回了家。

　　到房间之前都还算正常，也不知道为什么，应承刚把她放到床上，她便醒了过来，死活嚷着睡觉要脱衣服，他好不容易制止了她脱裙子，不过转个身，她已经在脱丝袜。

　　他已经无言以对，干脆去拿了件新的运动裤给她，好言相劝，她居然还真就穿上了，然后又闹着说要卸妆，他家里哪有卸妆的东西，只能出去买了一瓶卸妆水，这才算安抚下来。

　　大概是闹得没了精力，之后倒是的确没什么事，她乖乖上床睡觉，只是拉着他的衣袖不让他走，他一动她就哼。

　　他没有办法，只好坐在了床沿。

　　她侧过身，整个人蜷成一团，头发乱糟糟地散在脑后，还有不少碎发胡乱地黏在脸上，他刚好拿着手机，干脆开了相机给她拍了一张照作为存证。

　　放好手机，他低头看过去。卸了妆之后，她肉乎乎的脸依旧很白，只是脸颊上多了一些雀斑，他忍不住摇头失笑，不明白她化妆的意义在哪里，伸出手去将她脸上的碎发轻轻捻开，有一撮头发黏在她的嘴唇，他指腹无意间碰到她的唇角，微僵。

　　她的唇角带着热意，他猛地收手，将衣袖轻轻从她手中抽走，出去的时候替她带上了门。

　　许子心大口吃完粥抬起头，便看到他似乎在发呆，她抬手在他眼前晃了晃："应承？"

　　他这才回过神，看她一眼便从手边的纸巾盒里抽了两张纸扔给她："擦嘴。"

她尴尬，"哦"了一声，连忙拿过纸往嘴边擦。

应承开始慢悠悠喝起粥来，这会儿轮到许子心看他，她托着下巴目不转睛地盯着他，他都被她火热的眼神盯得吃不下东西："你确定要一直这么看着我？"

许子心眼巴巴地看他："你真的就是百谷？你怎么会是百谷？不对不对，你们的声音的确很像，可是，你居然就是百谷！"

昨天喝多了就没多想，今天反应过来依旧震惊，谁会想到她崇拜多年的百谷大大居然离她这么近呢！

百谷在音频中的声音与应承实际的声音还是有些细微的差别的，她只当是巧合而已，毕竟世界这么大，声音相像又怎样？

可居然，他们居然是同一个人！

她一脸的花痴："百谷大大，得见你真容，实在是太过荣幸了。"

"所以，你昨天是逃了晚自习？"他一点都不接受她的马屁，一针见血。

她被他戳穿，难堪，低声支吾着："谁让你一直都不露面的，这次要出来，我怎么可能不去嘛……"

"所以，是我的错？"

"不！当然是我的错！"她笑得谄媚。

正好是周六，许子心也没什么事，便试图约应承一起出去，原想着约出去逛逛街，只是话一出口，就成了："你今天有空不，要不我们……去健身房……"

话刚说完，她就想打自己嘴巴，干什么不好，偏偏要说去健身房。

果然，应承说："下午有事。"

许子心不免失落，"哦"了一声就转身想回楼上收拾东西走人，没想到他的声音再度从身后响起："我先送你回学校，晚上再去。"

她脚步一顿，回身，满脸惊喜："真的？"

"嗯。"

许子心连收拾东西都欢乐了不少。

她回到寝室的时候，还不到午饭时间。她们寝室有个不成文的规矩，周末不睡到十点不起床，所以许子心回到寝室的时候，连窗帘都还没拉开，屋里黑漆漆的，只有窗帘缝隙中露出点点灿烂的阳光。

她钥匙串上串了个小铃铛，开门的时候叮叮当当的，已经尽量小声，等关上门的时候还是听到萧潇在床上"嗯哼"一声，随后迷迷糊糊叫她的名字："心心，你回来了？"

许子心"哎嘿"一声："我没回来，你居然也睡得着觉。"

说起这事儿，萧潇的觉也不睡了，揉着眼睛把头伸出来，嗓子还哑得厉害："你还好意思说，你自己倒是说说，夜不归宿，这是去哪里了？还有没有点纪律！"

老大、老二也都醒了，听到萧潇说话，连声应和。

许子心理亏，嘿嘿笑着想岔开话题。

没想到萧潇笑出声来："昨天辅导员，哦，不对，你家男神应承学长可是特地打电话给我呢！说什么你喝多了不方便把你送回来，哎哟，我的心心，你喝多了有没有趁着酒意干点平时不敢的事情，比如把男神给……那啥那啥了？"

许子心凑过去，抬手捏萧潇的脸："你够了！才没有呢！在你眼中我就是这么抵抗不了诱惑？"

"那要看诱惑是什么，换作我是你，这么好的机会，早就上了！"萧潇躲进被子里，声音闷闷的，"所以进展到底是什么？我觉着有戏啊心心，你看我们应承学长，对哪个女生这么好了，还管人家醉不醉呢。"

"哪有什么进展。"许子心哀叹一声坐下来，"就算有，反正我是什么都记不起来了。"

在得知许子心酒后失忆，萧潇想了一万种办法想让她回忆起来，都以失败告终，最后终于放弃："我看你下次还喝不喝那么多！不过话说回来，你昨天不是去见你另一个男神，叫什么百谷的，怎么又和应承在一起了？"

"说来话长啊……"直到现在，许子心都不敢置信。

萧潇听完倒是耸耸肩："可见你看人的眼光是一如既往的，不管是以前还是现在，就是喜欢那种啊，你还有没有别的男神？说不定还是他呢！"

许子心脑中闪过多年前医院遇到的那个小哥哥的声音，猛地摇头，她怎么还真的顺着萧潇说的话想了。

萧潇还在说："这多浪漫啊……你先是喜欢上他的声音，才喜欢上他，跟言情小说似的。"

许子心被她说得不好意思，刚想害羞一下，她下一句话已经出口："当然了，言情小说的女主角是不会超过一百斤的。"

许子心咬牙，实在没忍住，暴揍了萧潇一顿。

5

一到时间，许子心便收拾东西，打了车去健身房。

她到的时候，应承还没来，她便换了衣服在健身房里瞎逛，这样试试，那样玩玩，总是忍不住看向门口。

视线从门口回来的时候，她看了一眼满满腾腾的跑步机，咦，那个不是郑昕吗？应承曾经的工作伙伴？

没想到她也来这个健身房，许子心倒是从来都没见过。

郑昕在跑步，和许子心之前看到的她不同，这次穿着贴身的背心和运动裤，更显得身材凹凸有致。许子心忍不住感慨，瞧瞧人家，成功人士不说，要脸有脸，要身材有身材，怎么就能这么完美呢？

许子心还在发呆，郑昕已经从跑步机上下来，拿挂在脖子上的毛巾擦了擦汗，往更衣室走去。

她拍拍脸，振作精神，再度往门口看去，正好看到一个人影刚好闪过，像是进了更衣室，她连忙起身走过去。

健身房的更衣室自然分男女，进更衣室前首先要掀开作为隔断的帘子，然后便是走廊，两端分别是男女更衣室。

许子心刚想掀帘子，正好听到里头走廊传来声音，有些熟悉："为什么一直躲着我？"她对声音一向有些敏感，她一听就知道是刚刚还在跑步的郑昕。

只是，郑昕在和谁说话？

许子心忽然就有了不祥的预感。

果然，不祥的预感就从来不会出错。

下一秒，许子心已经听到了应承那个化成灰她都不会听错的声音："你未免想得太多。"

许子心知道自己不该听墙角，可双脚像是被强力胶黏在了地上，根本走不开，老天啊，原谅她做了次小人。

郑昕的声音有些急："我听说了，你和她根本不是你说的那种关系，你分明就是故意骗我。"

应承没有说话，只是伸手将她紧握着他胳膊的手给移开了。

"我还听说，是她在追你，你没拒绝，还和她打了赌，赌她能不能追到你。"郑昕仰头，看着他，"应承，你为什么骗我？骗我你们是男女朋友，你明明只是想躲我。"

"郑昕，这个世界不是只绕着你转。"

"那你承不承认，不拒绝她是想让我看，你身边已经有了人，想让我自动离开！"

许子心深吸一口气，伸手紧紧揪着门帘，等着应承的回答。

"不是，快说不是，说你不是因为她……"

可是她没有等到应承的声音，依旧是郑昕在说话："我就知道，我有哪里不如她？为什么你宁愿让她缠着你都不肯接受我？"

缠着……

许子心垂头，抿了抿唇，所以在别人的眼中，她是缠着应承吗？

正好有人过来，走到失魂落魄的许子心面前："能让一下吗？"

许子心恍惚抬眸，连忙点头，仓皇逃开。

她没有听到，应承说："郑昕，你没有你想的那么重要。我刚才不否认是因为我最初的确是起了那样的念头，可仅仅只是最初而已，现在……"他没有再说下去。

郑昕却忽然意识到了什么："我不信，那个胖丫头有什么好的。"

"她很好，那些不必你知道。"他转身要进更衣室，走了一步又停住，"我会换健身房，希望不会再遇见你。"

应承进了更衣室，换衣服之前拿出手机看了一眼，许子心在半个小时之前给他发过短信，说她已经到了。

他轻轻扬了扬唇，将手机放好，换了衣服出去，却没在老地方见到人，他在健身房转了一圈，也没找到许子心，给她打电话她也没接。

他正想出去找，一个短信进来，是许子心发来的，说她突然有事就先走了，下次再约。

应承这才放下心来，他今天也在忙，好不容易才抽空来健身房，许子心没在，他便也回去换了衣服离开。

而说有事先走的许子心，此时却游荡在马路上，无处可去。

她匆匆忙忙从健身房跑出来，除了手机什么都没带，东西都在更衣室的衣柜里，甚至连身上的衣服都是宽松的运动服。

她不知道应承是不是还在健身房，也不敢回去拿东西，倒不是埋怨他，只是不敢见到他，总觉得自己有点儿不堪。

许子心明白，应承不喜欢郑昕，就像他也不喜欢自己一样。

她以为他答应那个赌约是给她一个机会，她以为自己对他而言是不一样的，可现在她明白了，他只是用她来打发另外一个不喜欢的人，她却什么都不知道，傻傻地凑上去，以为自己真的有机会可以追到他。

一想到当初那些拙劣的追求手段，她就忍不住想挖个地洞把自己给埋起来，在他眼里，她大概就是个跳梁小丑吧。

许子心哀叹一声，在路边花坛坐了下来，这段时间自己实在是太丢脸。

她并不是不识趣的人，如果早知道应承这般想法，她也不会做那么多惹人烦的事情，毕竟换个角度想一想，有个人说要倒追她，整天缠着她，她肯定也会不胜其烦。

许子心在路边吸了一小时的汽车尾气，还好好检讨了一下自己这段时间做的丢脸的事情，这才回了健身房，换了衣服回学校。

她回到寝室，居然一个人都没有，安静得过分，她坐下来缓了缓，才记起她走前，萧潇和老大、老二约好了去吃饭逛街，还问她要不要一起去，那会儿她满心想着去见应承，自然没应下来，还被她们说见色忘友。

许子心长长呼出一口气来，去洗手间洗掉一身灰尘味，也没心情开电脑，直接关了灯爬上床睡觉。

哪里睡得着，翻来覆去的时候，室友们已经回来，她们都没发现她已经回来，大概是战果颇丰，嘻嘻哈哈地笑个不停。

"这双鞋子还好吧？我们一时冲动买了，万一她不喜欢怎么办？"萧潇问。

老大哎一声："她要是敢不喜欢，就狠狠揍她一顿。"

"那还是别了，心心颜值本来就和应承差一个太平洋，要是再留疤了，更加追不上了怎么办？"老二笑。

"她现在还没回来，估计进展还不错，等她回来给她个惊喜，你看看，她这都是些什么鞋子，黑的白的，全是运动鞋，都不知道好好打扮自己，怎么追男神，啧……"萧潇的动作一顿，"咦，她刚不是穿了小白鞋出门的吗？怎么在这里？"

三个人齐齐往三号床看去。

被子里鼓起来，分明就是有人在，三人互相对视了一眼，无声地说话。

"她怎么已经回来了？"

"不知道啊，难道这么早就睡了？"

"该不会出什么事了吧？"

三人的表情瞬间凝重起来，推来搡去，最终派出代表萧潇同学，她爬上许子心的床，坐在床沿，轻轻叫一声："心心？"

许子心没动静，被子却抖动了一下。

萧潇给下面两个人使了个眼色，又叫："心心，你怎么这么早就回来了？没出什么事吧？"

又等了好一会儿，许子心才缓缓从被子里露出一个脑袋，头发乱糟糟地顶在头上，满脸湿漉漉的，憋着嘴叫："潇潇……"

萧潇这才知道是真有事了，连忙爬过去，轻拍她的肩膀："怎么怎么，怎么就哭了呢。"

老大老二把纸巾递上来，萧潇抽了几张给她擦眼泪："快别哭了，和我们说说，发生什么事了。"

许子心抽了抽鼻子，好不容易才止住了眼泪，哽咽着说："我是被你们感动的。"

萧潇差点儿没把抽纸扔她脸上："吓死我了，还以为你出了什么事……"

"可是对不起啊，萧潇、老大、老二，可能要让你们失望了，你们给我买的鞋子，我可能用不着了。"

许子心抽噎着把健身房的事情说了一遍，萧潇是唯一见过郑昕的，问："就是那个我们在 KTV 见到的那个老女人？"

郑昕估计近三十岁，但怎么也算不上老女人，毕竟人家活得那么精致。

许子心还是很实事求是的："喔，就是那个很有气质的女人。"

萧潇恨铁不成钢："所以你就这么跑出来了？你男神不也没喜欢那老女人嘛！"

"可是他也不喜欢我啊！"

"所以你不是在追吗？"

许子心差点儿就被说服了，话在喉咙里哽了下："你知道我不是这个意思啦，我本来想着他会说和我打赌，就是给了我机会，那只要我努力，就算最后追不到也没关系。可是现在很明显，他只是怕被郑昕烦，所以才容许我追他，指不定他心里多烦我呢……"

"其实吧。"萧潇冒着被打的风险说了句实话，"我觉得你肯定比那个女人更烦。"

许子心一脸的受伤。

偏偏老大、老二还狂点头。

萧潇揉了把她的头发，说："毕竟你身在局中，想的会多点儿也不奇怪。可是我觉得吧，就凭应承那高冷男神的形象，只允许你追他，这本身就是特殊了，不是吗？有时候你想那么多，其实人家心里根本不是那样想的。就像我跟我男朋友，我们不是异地恋，我发他消息他经常会不回我，我总是胡思乱想很多，结果后来才知道，他根本就是在玩游戏没看到，所以心心，听我的，如果你实在觉得别扭，就去问他吧，他的回答才是标准答案，其他都只是你的臆测而已。"

萧潇说完，看到许子心满脸崇拜地看着她："潇潇……"

萧潇邪魅一笑："这只是……我作为一个过来人的经验而已，别太崇拜我！"

6

萧潇的话让许子心想了许多，她知道萧潇说得没错，但心里知道是一回事，真正的行动又是另一回事，她也会忐忑，也会踌躇。

她一周都没有联系应承，一来是还在犹豫要怎么和应承相处，二来也是想要看看，在她不主动联系他的时候，他会不会找她。

一周过得很快，许子心不仅没收到应承的任何消息，也没想好要怎么联系他。

她把天涯那个帖子又刷新了一下，一气之下就去申请了删帖，过后也没觉得后悔，毕竟应承就是百谷，万一帖子内容被人转到微博，被应承看到怎么办？

她正无聊呢，刘原来找她，问她还去不去篮球队。

她犹豫了一下，便听到刘原说："该不会学长不来了，你也干脆不干了吧。"

"他……不去篮球队了？"许子心小心翼翼地问。

"可不是嘛，他最近很忙，听说是在准备考研，上次春季赛结束的时候就和我们说了，之后就不过来了。"

"是吗？"许子心沉默了会儿，应下来，"嗯，今天下午对吧，我过去。"

"就知道还是你靠得住。"

没了应承的篮球场，许子心总觉得有些空空荡荡的。

刘原打得累了，下场坐她旁边休息，喝了口水之后喘着气问："怎么啦？一点精神都没有，难道是因为学长不在？"

许子心叹了一声，问他："他还住你们寝室吗？"

"这周没回来，不过东西还在，毕竟交了一年的寝室费，当个据点也不错吧。"刘原没心没肺地笑。

许子心"哦"一声："你说他要考研，知不知道他考哪里？"

"怎么来问我，你想知道自己去问呀。"刘原笑，不过还是说，"听说去 B 大，毕竟要是他高考正常发挥，本来就该去 B 大的。"

"B 大啊……"很远呢。

刘原看不惯许子心这么没精神的样子，抬手搂过她的肩膀："好了，别不开心，学长走了还有我罩着你呢。"

许子心推开他："谁要你罩着了。"

刘原眼看着许子心大步走开，"哎"一声："怎么这么快就走了，等会儿我们去聚餐，你不去吗？"

"不去了，你们好好吃吧。"

刘原想起身去追，场上兄弟叫他："还没休息好呢？来啊。"

刘原看一眼许子心，到底没追上去，笑着跑上了场，接过球，一下就投了个三分。

许子心回寝室前去超市买了点零食，正在挑呢，手机不停有消息传来，她觉得烦，放下正在对比的薯片，拿出手机看，最多的是微博提醒，编辑也发了不少消息过来。

她先上了 QQ，编辑发了一堆在不在，她不明所以："又怎么了？"

"你终于在了！"编辑发了个表情，"那个帖子……"

"什么帖子？"

"追暗恋男神那个，在天涯上特别火的那个。"编辑说，"就是你发的那个。"

"怎么了？"许子心吓一跳。

"你自己上微博看看就知道了，你现在可成名人了，都上热搜榜了。"

"我还佐助呢。"许子心不明所以，怼了一句后默默地打开微博看。

许子心虽然有点儿小粉丝，但粉丝量不多，平时顶多就几十的转发，到头也就几百的评论吧，可今天，转发评论点赞和私信的数量，大概比她玩微博这段时间加起来的都多吧……

她首先点开了@，看了才知道是一个有着百万粉丝的营销号整理了她天涯帖子的内容发到了微博。原本和她也没什么关系，毕竟用户名不一样，可偏偏有粉丝火眼金睛，把她的微博给扒了出来，转发评论里艾特了她，说她就是帖子的主人公。

这下可好，那条评论也被转发了N多次，有人说她本来就是写文的，肯定是在编故事，也有人在好奇男主是谁，甚至还有人谴责她之前明明那么喜欢百谷大大，居然弃百谷喜欢上了别人，这也就算了，居然还艾特了百谷。

这都什么和什么啊。

许子心看得快要爆炸了，明明她在帖子里说了不授权转载的，怎么就流传出去了呢。

当然她这会儿最怕的就是被应承看到，以前就算了，现在她知道了百谷就是应承，那么多的艾特，只要他随便打开一个，她就完蛋了……

许子心也顾不得买薯片，匆匆跑回寝室开了电脑，给那个营销号发了私信，顺便还点了举报。

即便如此，许子心也知道，这件事情大概不会就这么过去，即使营销号的微博删了，也会有别的营销号发，她去看了热搜榜，她已经进了前十，连带着百谷也进了前二十。

她没忍住点开百谷的热搜，居然还有人放了他在凌天社十周年活动上的照片，转发也已经过千，照这趋势，估计再过一会儿百谷的热搜度就能超过她了。

她哀号一声，猛地将头垂下，抵在了桌面上，顺便砰砰砸了两下，事情怎么就成这样了呢。

许子心战战兢兢地等到了晚上，那条转发几千的营销号已经被删了，但是网友的热情没那么容易浇熄，她转发评论的数字依旧在不停地往上涨。

她刷了几遍百谷的微博，没啥动静，但他最近一条微博下的评论也正以疯狂的速度往上涨。

萧潇叫她去吃晚饭，叫了几声也没反应，一抬头就见她死死盯着电脑。

"网瘾少女，我们先去吃饭，吃完再玩行吗？"

许子心知道自己干着急也没用，肚子也真饿了，便起身和萧潇去食堂吃了晚饭，吃完还去超市把下午没买的薯片买了回来。

回来坐定，许子心才重新打开页面，再度刷新了一下百谷的微博页面，不过是下意识的动作，她也没期待能刷到什么，她拿过一包薯片拆开，刚往嘴里塞了一片，页面刷新好了，她看一眼，嘴里的东西就喷了出来。

许子心揉了揉眼睛，把电脑屏幕擦了擦，重新看过去，这才确定她的眼睛没出问题。

百谷发了一条微博，就在十分钟前，然而现在转发已经快过一千。

他发的微博很简单，三个字加一个标点，然后还艾特了许子心的微博账号——

你赢了。@雨生

许子心深吸一口气，也没能让疯狂跳着的心脏稍微平静一点，他是什么意思，一个礼拜没联系，他忽然发这么一条微博，很容易让她吓坏的好不好。

评论自然再度炸开。

——百谷大大怎么会发这么一条微博还要艾特雨生？！

——我好像闻到了奸情的味道。

——该不会……百谷大大就是雨生的男神？这世界难道这么小？

——大家的关注点都偏了好嘛！还记得雨生大大的帖子里说过吗，她和男神打了赌，赌她能不能追到他，现在百谷大大说她赢了哎！

——信息量太多，我有点儿晕，求解释。

——我就一天没上微薄，怎么发生了这么多事，我神秘的百谷大大……

——我来总结一下，雨生大大一直迷百谷大大，然后现实中遇到了男神，因为一个赌约开始倒追。所以男神就是百谷大大，然后现在雨生大大追到了百谷大大！"

——天！雨生大大简直是人生赢家！

——@雨生大大，求放百谷大大的无码照！

——难道没人好奇雨生长什么样吗？就没人和她一个学校的？

许子心看着越来越热闹的评论区，简直头疼，再下去她真的就该被人肉了。

她更想不通的是，应承干吗要发那条微博？！明明一个礼拜都不联系她！

越想越生气，许子心就没忍住，去阳台给应承打了个电话。等手机那头传来嘟嘟的声音，她又有些后悔，想挂断电话，可已经来不及了，应承接起来："嗯。"简简单单一个字。

许子心还没来得及发作却听出他声音里的不对劲，她想说话，便听到他尽量隐藏的咳嗽声，她刚刚想说的话被她抛到了脑后："你生病了？吃药了吗？"

"小感冒而已。"他又压抑着咳嗽了两声。

他不正面回答，肯定是没吃药。

许子心微微犹豫，便问："你在家？"

7

许子心拎着一袋子药和食物走进公寓电梯的时候，她忽然想起来今天发生的大事，忍不住拍了拍自己的脑袋，明明是要算账的，怎么就来做保姆了呢！

按下门铃后，许子心等了许久才等到应承来开门。

门打开，他的脸逐渐露出来，看到她也一点都不意外："你来了。"

许子心倒是没见过他不修边幅的样子，他穿着一套宽松的格子睡衣，头发也有些乱，看起来有些疲惫。

他打开门让她进去，她内心挣扎了一下才走了进去。

把东西放在餐桌上，许子心回头就见应承已经躺在了沙发上，手放在额上，眼睛闭着一动不动。

她去倒水，却发现连热水都没有，连忙烧了壶热水，连着药给他送过去。

她把药和水放在茶几上，蹲下来，伸手轻轻戳了戳他的胳膊，用了点力他才有反应，她不免有些担心："要不要去医院？"

"不用，只是小感冒。"他直起身来。

许子心把水和药递上去："那把药吃了。"

这回他倒是很听话，接过就好好吃了，许子心把东西收好，问他："你饿不饿？我打包了吃的，你吃点再去休息？"

应承刚想说话，手机铃声响起来，他看了眼屏幕就立刻接了起来："林叔，怎么了？"

她并不想听他们说话，可房间里太安静，那个林叔的声音又不小，她不想听也听到了。

"别担心，你爸爸没事，医生来检查过，已经转到普通病房了。"

"嗯，我知道了。"

"我是想问你怎么样了，感冒好点没？"

"我没事，这几天也麻烦您了。"

应承这么温顺的样子，许子心也是第一次见，只是……

等他挂断电话，她问："你爸爸生病了？"

"嗯，死不了。"说这话的时候，他又恢复了那张死人脸。

许子心一怔，没想到他会是这个反应，一时不知道该说什么。

他很快醒过神来，见她一脸惴惴的样子，说："我们父子关系不好。"

她"哦"一声，回到最初的话题："我帮你把粥热下吧，你多少吃点。"

许子心把装在塑料碗里的粥倒进陶瓷碗里，放进微波炉转了几分钟，微波炉里亮着黄灯，她靠在一旁发呆。

所以这几天他没有音讯，应该是在医院照顾他那个关系不好的父亲？

可是他都病成这样了，那条微博又是怎么发的？

她想得太入神，微波炉适时地"叮"一声，她猛地醒过神来，匆忙打开，伸手想去拿又被烫到，最后找了毛巾包着才拿出来。

她拿了个托盘装着，端到沙发旁，开口想叫他，却见他又歪在沙发上睡着了。

许子心犹豫了一下，还是没叫他，轻手轻脚跑到楼上把他的被子抱了下来，小心替他盖好，又把粥放回厨房，这才靠着沙发坐在了铺在地板的长毛毯上。

他已经完全躺下来，侧身睡着，眉心微微蹙起，也不知道是不是梦到了什么。

她默默地挪到他的脸边，静静看着他，她从来都不敢这样近距离，这样长时间地看着他，现在他浑然不知，她才敢。

他的脸实在好看，她曾经还想过，自己到底是喜欢他的脸，还是喜欢他的声音，最后终于想明白，无论是他的脸还是他的声音，都是他，所有的所有加在一起才是他，她喜欢的那个他。

有时候命运总是很奇怪，曾经高中的她做好告白的准备，却在临出口的时候硬生生憋回去，而如今她只不过喝多了酒，便一不小心把心里话说了出来。

如果不是那喝多的酒，她大概会和以前一样，一直把喜欢他的秘密默默埋在心底吧。

许子心趴在沙发扶手上，无所事事地看着他，不知不觉竟也觉得困起来，自己也不知道什么时候就睡了过去。

醒来是因为觉得被压得透不过气来，睁开眼睛清醒了好一会儿才意识到是因为身上被盖了被子，她掀开被子直起身，应承已经不在沙发上。

已经夜深，一楼的灯也都关了，只留了一盏昏黄的壁灯，她猛地起身，没找到应承的身影。

她连拖鞋都忘了穿，径直跑上了楼，结果刚好撞见卫生间的门打开，应承擦着头发出来，身后还满满的雾气。

他看到许子心有些意外："醒了？"

许子心总觉得这应该是自己问他的话才对，一时卡了壳，呆呆地点点头："你好点了？"

"嗯。"他应一声。

许子心看一眼他身上的浴袍，反应过来："噢，我去帮你把粥热一下，你换衣服。"

她匆匆忙忙跑下楼去，心脏还跳个不停，他大概没想到她会突然上去，浴袍也没系好，胸口大片的肌肤都露在外面，她这会儿想起来还有些脸红。

应承下楼的时候，许子心已经热好了粥还有一些别的小菜放在桌上，她晚饭倒是吃了，不过这会儿已经晚上九点多，睡一觉感觉全都消化了，也饿得不轻，好在她买的多，便也一点都不害羞地坐在了他对面。

他吃了药睡了一觉，倒像是好了不少，连她带来的食物也吃了许多。

许子心吃完的时候，他已经放下了筷子盯着她看。

她连忙抽了张纸巾擦了擦嘴巴，他的视线却一直停留在她脸上没移开，她开始觉得尴尬，低声哼哼："你干吗一直看着我？"

"你没什么要问我的？"他说。

许子心愣了一下，终于记起一切事情的源头，她有些懊恼地捏了一下腿，顺便深呼吸，总算镇定下来："你那条微博，什么意思？"

"你不懂？"他反问。

许子心瞬间就来了气："嗯，不懂，我可不想自作多情。还有，你怎么知道我微博名的？"

"生气了？"

"对，我生气了。换谁谁不生气。"许子心侧了身不看他，"对你来说只是开玩笑，可我很容易当真，我才不想再产生错觉，一次就已经够了。"

"什么一次？"

"那个赌约啊，你不是因为郑昕吗？"

"虽然我不知道你从哪里听来的，但我不否认……"

"你看，你自己都说不否认。"

应承不知道什么时候已经起身站在她面前，一手扶住座椅把手，一手按在桌上，把她圈了起来："听我说完。"

许子心抬头，这才发现自己处于绝对不利的位置，却无处可逃，只能哼一声别开头。

"一开始或许是，可后来不是。躲开郑昕的方法有很多种，你不是唯一选项。那条微博，我没有和你开玩笑。"

她听他说完，闷声道："我一周不找你，你就也一周不联系我，这样你让我相信你不是在捉弄我？"

"我这周，都在医院。就像你知道的那样，我父亲病危，整整一周都在反复，他年轻的妻子又闹个不停。"应承顿了顿，"不过你的帖子，写得很好玩。"

听他提起帖子，许子心哼一声："反正我不信，你，你会……"喜欢我这三个字，她哽在喉咙，无论如何都说不出口。

应承抬手捏住她的下巴，她被迫抬头看他，分明几个小时前他还浑身无力只能躺在沙发上睡觉的，这会儿却又原地满血复活。

她望着他的眼睛，想从中找出任何玩笑的可能。

他却没给她这个机会，忽地低头，准确地吻在她的唇上。

许子心蓦地瞪大了双眼，下意识地咽了咽口水，眨了眨眼，看着他重新回到离她十几厘米的位置。

她又眨了眨眼睛，张嘴，却一句话都没能说出来，反而打了个嗝，她立马抬手，捂住唇，往后靠过去。

她又忘了自己侧身坐在椅子上，背后根本没有靠背，她还没往后仰过去，应承依旧伸手搂在她的肩后。

他们的距离又靠近了，她还在打着嗝，脑中依旧空白一片："初吻……"

他微微一怔，忽然说不是。

她哪里听得到他说的是什么，抬手推开他站起来，直接就跑上了楼。

应承看着她风一样离开的背影，摇头失笑，开始收拾碗筷。

8

许子心上楼后躲进了房间里，门一关便站不稳，直接坐在了地板上。

不知道什么时候开始已经不再打嗝，她抬手，指腹轻轻触上唇瓣，仿佛刚刚他亲吻自己的感觉还在。

她依旧在发蒙，总觉得是自己出现了幻觉，狠狠地捏了一下自己的大腿，疼得她差点儿没叫出声来。

所以是真的?

刚刚应承亲了她?

许子心脑袋乱糟糟的，以她那么简单的脑袋，根本想不透事情是怎么发展到这一步的，分明这一周以来，她还想着要放弃追他的。

她在地上坐了许久，也没想什么，就是在放空，背后的门忽然被敲响："睡了? "

她吓得挺直了背脊，一动都不敢动。

外面安静了一会儿，随后传来他走开的脚步声，许子心犹豫了会儿，猛地起身打开了房门。

应承只走开了几步，听到声音就回过身，许子心把门开了一条小小的缝隙，躲在后面看着他，像是在防备。

他走近："今天太晚，留在这里，你明天三四节的经济学，我送你回学校。"

许子心自己都要看课表才知道第二天是什么课，听到他这话愣了愣，差点儿就忘了自己要说什么:"等下。"

应承靠在一旁,静静地等着她说。

她不去看他的眼神,省得被他干扰,低着头说:"所以,你到底是什么意思?我是追到你了吗?真的不是跟我开玩笑?"

"你让我回答哪一个?"他问,脸上带着浅淡的笑。

"全部,都。"

"我以为你不笨。"他说,"我说了,我没有和你开玩笑,我们的赌局,你赢了,你还要什么为什么?"

"可是,为什么?"为什么他突然就被她追到了?

这种感觉就像是,她决定游过一条大河,费尽力气游到一半,却发现自己只要腿伸直,就能直接在河里站起来。

"你为什么喜欢我?"他问。

"哎?"她莫名觉得不好意思,"哪有什么为什么,喜欢就是喜欢嘛⋯⋯"

"你的问题,你自己不是有了答案?"

他说的的确没错,可总觉得有点儿不对劲,许子心歪着头思索,脑袋却被轻轻揉了揉:"早点儿睡。"

他转身回自己房间,许子心不甘心,又叫他一声:"那是什么时候,你什么时候开始喜欢我?"

他回身:"秘密。"

他说早点儿睡,可许子心怎么睡得着,辗转着把这段时间的事情统统回顾了一遍。

或许是他的感情从不外露,也或许是她的反应太过迟钝,她想来想去,也只能承认,于他而言,她或许真的是特殊的,至于他喜欢自己,她依旧觉得像是一个笑话。

她一向睡不够，更何况前一天晚上睡不着，早上有声音响起来的时候她还以为是闹钟，伸手拿过手机想关，却发现关不掉，这才努力睁开眼睛去看。

居然是编辑给她发的QQ。

又发生什么事了？

许子心满心惴惴，侧身躺着打开QQ，几秒钟之后进入页面，她点开消息。

"天！你男神又放大招了！"

"人呢人呢？这种关键时刻去哪里了？"

"难道在睡觉？还不起来去微博看看！"

"这种时候还睡得着，你还是人吗？！"

"啊啊啊啊啊，你男神怎么这么浪漫，我都要被迷住了！"

"所以百谷到底是不是真的很帅？求照片！"

许子心扫过下面的一连串表情包，整个人都清醒了，应承又做了什么？

她原本是设置了微博提醒的，可昨天消息实在太多，她嫌烦就设置成了不提醒，上了微博才发现数据又创了新高。

所以到底又发生了什么事？

她打开@，几乎所有的转发都是因为一条微博，是二十分钟之前应承用百谷这个账户发的微博。

他一向言简意赅，自从开微博到现在，每一条微博的字数也从来不会超过三行，这次也一样。

"下次再给你读小说。我们很好，都希望不被打扰。"而后他放了两张照片。

第二张照片是一片枕上的头发，她倒是有点儿眼熟，应该是她躺在床上被拍到的，她侧身躺着，头发撒在枕上，阳光正好落在她的头发上，就像是在发光。估计是他趁着哪天她睡着偷拍的。

第一张照片中的主角也是头发，主人应该是坐在石凳上，椅子上还有一本书，看封面像是言情小说。她却死活都不知道是什么意思。

照理说这张照片肯定也是她，她却怎么都想不起来，正想关掉，却在左下角看到了时间，拍照的时间，他大概是拿相机拍的，后来才扫描到电脑中。

时间是四年前的春天。

四年前……

四年前的许子心还在读初三，那时候她的确也是有这么一头长发，她还记得等到了夏天，她就被妈妈领着去理发店把头发给剪短了，说是要备战中考，洗头的时间也得省下来，为此她还和妈妈生气了好几天。

还有什么？哦，对，她还得了个怪毛病，去医院做了个小手术，差点儿以为自己看不到了，然后在医院遇见了一个替她读小说的男生。

读小说……

许子心一愣，手机没拿稳，掉下来砸到脸上，疼得她龇牙咧嘴。

难道那个小哥哥，也是应承？

她揉着额头坐起来，套了外套就往外冲。

应承不在房间，已经在楼下厨房，她冲下去，把手机放在他眼前："什么意思？四年前的这个人是我？那当年那个陪我的小哥哥，那个我和你说过的小哥哥，就是你？"

他正拿勺子搅动着锅里的粥，看她一眼又收回眼神，格外坦然："嗯。"

"真的是你？"许子心不敢置信，"你什么时候知道的？还是一直都知道？我明明和你说起过，那个时候你为什么不告诉我？"

他把火调小，这才转身朝向她，握住她的肩膀："你好奇的事情，怎么那么多？"

许子心也不知道怎么回事，忽然就一阵鼻酸，她对他向来真诚，他却一直在隐瞒他，她低头，默不作声地想要转身。

他用了力气，她转不过身，愈发恼怒，抬头："到底怎么回事？还有，我微博名字你又是什么时候知道的？"

"医务室，我帮你捡了手机，你那个时候正在刷微博。"他并不是故意看她的手机屏幕，只是一瞥正好看到了她的微博名，"至于一直没和你说，只是因为觉得没有必要而已。"

"对我来说很必要，非常必要。"她瘪着嘴，"我一直都想和他说谢谢的。"

"现在不是有机会了？"

"喊。"她还没原谅他，"谁知道你是不是听到我说了那件事情之后，故意说你就是那个小哥哥的。"

"嗯，照片也是我合成的。"

许子心气得牙痒痒，没忍住抓过她的手，狠狠地咬了一口。

等她松口，他懒懒问道："消气了？"

"看你表现吧。"她这样说着，却已经抑制不住地扬起了唇。

她恼怒他什么都不和她说，可她更多的是欣喜，欣喜那些人，都是他。

无论是初三那会儿她看不见时给他读小说的小哥哥，还是那个她迷了好几年的配音圈大大百谷，或者是这个在 H 大风生水起的应承，都是他。

她感激的、崇拜的、喜欢的，所有的所有，都只有他。

她笑着，眼圈却又红了，忍不住张开手臂抱住了他的腰，将脸埋在他的胸膛蹭了蹭："谢谢你……"

　　谢谢你一次又一次地出现在我生命里，陪我度过最害怕的日子，度过最彷徨的日子，以及现在，还有将来。

　　我先爱上你的声音，再遇见你。

　　一切都刚刚好。

/ 番外一 /

WO
ZAIDENG
DENG FENG
DENG
NILAI

我真的，真的很喜欢你

▲

他们恋爱半年后，应承去了 B 大，读研究生。

原本一个学校，这下可好，硬生生隔了一千多公里。

许子心向来不怎么黏人，倒也不觉得异地恋有什么，毕竟等她毕业，他也就能回来了，而且她最近挺忙的，开始给编辑写新小说，也没空想东想西的。

倒是萧潇大惊小怪："你说你家男神，长得那么好，又那么有才，你怎么就能那么放心呢？"

许子心摊手，然后笑："他没遇见我之前也那么好看，也那么有才，也没有被别的女人抢走啊。"

萧潇一愣，居然觉得她说得挺有道理的。

"可能是你家男神比较洁身自好，不过呢，异地恋还是有风险的，你看我，分分合合那么多次，我劝你也注意着点哈，万一 B 大也有像你一样的女生怎么办？"萧潇思索了一会儿。

许子心"哎呀"一声："我知道啦！"然后转过头就忘了。

其实许子心原本就觉得她和应承在一起这件事情有点儿玄幻，到他离开 H 大都还没能适应。

也没有他们所说的那个"他问她要不要在一起，然后她说可以"的关键性过程，就是那样莫名其妙的，又好像自然而然地在一起了。

刚开始两天她还没反应过来，以为依旧和以前一样，直到突然发现他经常来找自己吃饭，有一天还带她去看电影，这才恍悟，该不会这就是谈恋爱了吧？

毕竟她也没谈过，没经验。

看完电影出来的时候已经挺晚了，他送她回学校，车子停下来，寝室楼门口空空荡荡的没人。

她也就自己下了车回去，没想到他会叫住她。

她回头看他，他朝她招招手，她就特别听话地走到了他面前，他张开双手抱住她，她的脸颊就那样靠在他的胸口，听着他胸膛里略显急促的心跳声。

他很快就放开她，然后说："回去吧。"

她呆愣了几秒，没忍住，抬头看他："所以，我们这是在谈恋爱了？"

他也愣了几秒，像是在说"你到现在才发现"，然后点了点头："怎么，不高兴？"

许子心瞬间扬起了笑："怎么会怎么会。"顿了顿，"马上五一了，我们可以一起去看世博会吗？"

"你确定？人会很多。"

"潇潇她们都和男朋友一起去，我也想去，都没有人陪我一起。"

她扯着他的衣袖，就这样摇啊摇的。

其实哪里是没有人和她去，要是真想去，她总能约到人，只是这一次她格外想和他一起去。

他低头看着她抓着他衣袖的手，看了会儿，再抬头的时候眼中柔软，说了句"好"。

她"耶"一声，抱了抱他又马上松开，飞一般地跑了回去，直到回到寝室才匆匆来到阳台，小心翼翼地看下去，他还在，正仰头看过来。

视线正好对上。

她有些尴尬，低头笑着摆手，让他回去。

他也没有多停留，看到她回了寝室，便开车门坐了进去，车子启动，一溜烟就没了影子。

在寝室里的萧潇和老大、老二得知他们就这么在一起了之后，整个人都被惊得两分钟没说话。

还是萧潇先反应过来："那个帖子我倒是看到了，是你吧？"

许子心有那么一丁点儿不好意思，所以连她们都没告诉，点点头："嗯，是我。"

"所以你的意思是，他发了两条微博，然后也没跟你告白，你们就在一起了？"

她不明所以："对啊，不行吗？"

"然后你们过几天五一的时候还要一起去世博会？"

"对啊。"

"听说世博会看得人肯定很多，而且一天都看不完的。"

"所以呢？"

"你们要一起住在上海哎！"

许子心这才反应过来："对哦！"

萧潇抚额："不过我也能理解你的心情啦，毕竟男神还是很不容易追的。"

于是，原本大大咧咧，根本什么都没想的许子心为去看世博会要一起住这件事情纠结了好几天。

结果那天，许子心才发现应承有车，上海又不远，可以早上开去，晚上又开回来……

世博会人多得连吃饭的地方都找不到，最后两人只能去肯德基随便买了点吃的，中国馆是肯定去不成了，排队大概得排到明天去。唯一一个不用排队的非洲馆，他们在里面打发了不少时间。

因为刚开园，人格外多，回去的路上许子心感觉整个人都废了，靠在副驾驶座上嘀咕："失策啊……"

应承依旧神采奕奕，瞥她一眼："这段时间人都很多，你要来，下次避开节假日的时候。"

许子心倒不觉得看不到中国馆很失望，毕竟人那么多，进去估计也就是看人吧。

回来的时候已经很晚，而且又是假期，许子心自然回不了学校，又回了应承公寓。

现在那个公寓已经成了她的半个家，她熟得不行，进去就瘫在沙发上不动弹。

她休息了好久才上楼洗漱，回房间收拾了一下也没看到应承上来，就到楼梯口去看下面。

他还在沙发那边，正在看书，格外认真。

她这才想起来刘原说的，他正在准备考研，这么一对比，她觉得自己简直就是个渣渣。

许子心不忍心打扰他，可还是没忍住下去了。

原本只是想静静地看看他，没想到她一到他附近他就立刻转头看过来，她松垮下来："你还不去休息吗？"

他看了下时间，放下书："嗯，去睡吧。"

她走在他前面，一步一步上楼梯，忽然就停下来，回过身来。

他站在她下一级阶梯上，和她身高差不多，她几乎是平视他。

她抱住他，脸在他的脸侧蹭了蹭，温温软软的："我真的，真的很喜欢你。"

他也拥住她："嗯，我知道。"

许子心撇撇嘴，却抱他抱得更紧一些。

这样的日子，是之前从未想过的。

更像是梦境，一醒来就会破碎的梦境。

所以当应承离开她去 B 大的时候，她反而有一种梦醒了的感觉。

他们一个月会见一次，都是他回来，恋爱之后的他好像和以前一样，又好像不一样，可是无论一不一样，都是她最喜欢的那个他。

应承不在的时候，许子心还是会去篮球场，给他们加油打气，只是没有再去健身房，因为她的会员卡到期，他也不在，干脆就把健身换成了运动，每天晚上想他了就去操场跑上两圈。

她偶尔也会去应承的公寓，替他打扫打扫，然后再次看到了书架上曾经觉得熟悉的那本书，是她以前送给他的那本《局外人》，他居然还留着。

没有他的房子，虽然还有他留下的那么多痕迹，可她还是不喜欢，空空的，没有一点人气。

刘原这个大嘴巴喜欢说八卦，有一天拉着她小心翼翼地说："昨天听辅导员说，应承学长的前女友也在 B 大哎。"

许子心的第一反应居然是应承也有前女友："什么时候的前女友？"

"这不是重点好不好，重点是他们现在在一个学校。"刘原恨铁不成钢，"听说是高中时候的女朋友啦，反正高考之后就没在一起了吧。你想想，能做学长的女朋友，又在B大，肯定是要脸有脸，要脑子有脑子，你……"

这次许子心倒是一次就听懂了他的话外音，狠狠斜他一眼："所以你什么意思，我要脸没脸，要脑子没脑子是不是？"

"那也不是，不然学长怎么会……"刘原又被她带偏，"我是想说，你们很久才能见一次，他们说不定朝夕相处呢，你就不担心？"

许子心嘴上说不担心，还狠狠追着他打了一顿，可等到晚上睡觉前还是忍不住想到这事儿，她躲在被子里给他打了个电话，几次想问都没问出口，最后还是快快地挂了电话。

从被子里露出脑袋，她爬到床尾，叫萧潇："潇潇，我问你个事儿……"

结果萧潇一听说这情况，立马坐了起来，拍着被子说："有情况啊，你要不要去查查岗？"

"查岗？"

"他上次什么时候回来的？"

许子心想都不用想："半个月了，下下周他就回来了。"

萧潇"嗯"一声，皱着眉头想了会儿："这样吧，你这周末去B大，偷偷查查岗。"

"不好吧？"

萧潇捏她的脸："你不想他？"

"想倒是想的啦……"

"那就当是去见见他。你看他去了B大之后，都是他回来，你都还没去过那里呢。"

许子心很快就被萧潇说服了,在她的怂恿下买好了去 B 大的火车票,坐了好几个小时的火车才到 B 市。

她还没有一个人来过这么远这么陌生的城市,一下火车就蒙了,想了很久才匆忙去出租车停靠点,打车去了 B 大。

B 大自然也是第一次来,她想得容易,可学校这么大,她要想找到应承实在太困难。

最后她只能哆哆嗦嗦地站在校门口给应承打了个电话:"我在 B 大的校门口……"

许子心正低头玩着手机,忽然感觉面前多了个人,抬头一看,自然是应承,微微喘着气,这么冷的天却汗湿了额头,眉心皱起。

"怎么忽然来了?"

"想来 B 大看看呀,呼吸一下这里的空气。"她笑。

应承抬手,给她把帽子带好,顺便轻拍:"怎么来的?"

"火车,坐了好久。"说着,忽然就委屈了,明明是她自己想来的,见到他却还是委屈。

他揽了她的肩膀:"还没吃吧?先带你去吃东西。"

应承看着她坐在对面狼吞虎咽,问:"要来怎么不通知我?"

"给你个惊喜呀。"她闷声说。

"先吃,吃完了再说。"

她便迅速几口吃好,放下碗筷:"你不觉得惊喜吗?"

他看她一眼,有些无奈,探身过去,用指腹蹭了蹭她的嘴角:"确定只是为了惊喜?"

他就像是她肚子里的蛔虫,什么事情都瞒不了他。

她抵赖:"对呀,惊喜。"

他也就没追问:"吃饱了?"见她点头,起身替她拿衣服,"走吧。"

许子心匆匆赶来，应承给她在学校附近找了家宾馆放了东西，带她去学校里逛了逛。

还不晚，学校里的人挺多，天很冷，但他握着她的手却很烫，她忍不住用了些力气，往他身边靠紧了些。

他侧身将她的围巾整了整，便见她抬头，眼里闪着光，是路灯的倒影。

他停下来，问她："怎么了？"

她想了想，摇头："没什么。就是觉得很好，特别好。"

"真的？"他问。

她一脸的纠结，思来想去，忍不住出口："那什么，这里有没有你高中同学啊？"

"嗯，有几个。"

"那就好了，不然你总是一个人。"她干笑了两声。

"嗯？"

她咬牙："听说，你前女友也在 B 大？"

他倒是一点都没生气，脸上居然还带了笑："怎么，刘原和你说的？"

许子心溃败："噢……"垂头丧气。

"他还说了什么？"

许子心想保护证人："没了，没说什么。"

"难道他没和你说，那个前女友在我来之前，已经出国留学了？"他笑。

她一愣："哎？"

"难道他没和你说，不是什么前女友，只是好朋友而已？"

"哎哎？"

许子心一脸茫然，他已经拉着她继续往前走，路灯将他们的影子拉得很长很长。

"好朋友？可是刘原说……"

"他能知道什么。"

"也是哦。"

"你什么时候回去？"

"明天中午的火车。"

"我帮你退了，坐晚上飞机回去。"

"可是很贵哎……"

"我买。"

"好吧好吧……"

"嗯……"

/ 番外二 /

WO
ZAIDENG
DENG FENG
DENG
NILAI

雨生百谷

应承第一次见到许子心是在医院。

来之前，老师刚刚沉痛地通知他，他母亲出了事，目前正在医院。

应承来之前想过很多种可能，生病、车祸、意外，各种各种，可他万万没有想到，他母亲是自杀了。

吃了一大把安眠药，然后用水果刀狠狠地划开了自己的手腕。

医生掀开母亲身上的白布给他确认，他好像不认识这个人，这个叫作母亲的女人。

他下意识地往后退了一步，一句话都说不出来。

即使他最近因为学习忙碌，他也隐约知道父母的婚姻出了些问题，父亲常需要应酬，身边女人不断，母亲向来极端固执，是他最近学习太忙，没有在意母亲的情绪。

走出太平间的时候，应承依旧有些恍惚，不敢相信周日晚上非要送他到学校的母亲怎么会就这么舍得离开了。

他冲了出去，浑浑噩噩地走，直到有人撞上他的胸口才回过神来，低头一看便见一个圆脸的小姑娘被纱布蒙着眼睛，这会儿微张着唇一动不动地坐在地上。

他蹲下身低声问她："没事吧？"

她仿佛被吓到一般，也没有回应，他便又问了一遍。

她终于反应过来，让他扶她到附近的凳子上坐着。

小姑娘挺可爱的，看上去软软的，声音也是软软的。

只是没想到这样一个软绵绵的小姑娘居然会提出让他读小说的要求，一脸委屈的样子让人没法拒绝。

其实他是可以拒绝的，可不知道为什么他没有。或许是同情吧，因为她有可能以后都再也看不到了。

台词那么羞耻，他读了一段之后就再也读不下去。

她却像是很开心的样子，笑起来嘴巴咧开，一点形象都不顾，她对他说："你知道吗？你的声音真的超好听的，超级超级好听，我本来很难过的，可是听到你的声音都不难过了。"

"你的声音好像能给人勇气。所以谢谢啊，小哥哥。"

他从未想过，原来自己的声音也能给一个人勇气。

他也没有想到，她纯净的笑容居然让他方才杂乱的心逐渐平静了下来。

她大概是许久没找到人说话，拉着他说了一会儿，直到有家人过来找她，她自己的未来还不知如何，却笑得那样阳光，把那本莫名的小说送给他，还对他说加油。

而这简简单单的一个"加油"，却让他熬过了这段他以为会格外煎熬的时光。

再见到她是在 H 大。

那天是新生入学，他正好送穆和去机场。

穆和是他的老朋友，大一的时候和他一起办了承和，公司好不容易步入正轨，穆和却忽然要去美国。

穆和跟了他一路，装傻充愣："好了啦，别因为我要走太伤心哈，我已经找好了我的接班人，保证让你满意。"

他斜他一眼："你找的，我肯定不会满意。"

"那要怎么样的，你才能满意，难道是那样的？"穆和右手一指，正好指向前面不远处摔在地上的新生。

她身边还有个大箱子，大概是被人撞到，这会儿一脸呆萌。

穆和在笑，他却一眼就认出了她，那个三年前在医院里蒙着眼睛说害怕的小姑娘。

她拆下了纱布，眼睛很大很亮。

他回身拍了一下依旧在笑着说她肉乎乎的穆和："走了。"

穆和不解，收了笑，"哦"一声又嬉皮笑脸地跟上去。

那个十一出去旅游大巴出车祸的辅导员是他的学长，他原本不想做这一点都不适合他的辅导员，可他看到了她从教室里走出来，挽着朋友的手臂，笑得连眼睛都看不到，和那个医院里看到的笑容一样，像是从来都不会有烦恼。

他应了下来，成了工管 091 的辅导员。

她和他想象中的差不多，没什么心眼，也没什么心事，一天到晚都笑着，也不知道哪里来的那么多事情能让她笑。

摔下了楼梯她在笑，喝醉了也在笑，被人泼了水还在笑……

她好像什么都不怕，可其实胆子比谁都小，拍着桌子说要追他，却战战兢兢，连和他说话都总是不敢看他的眼睛。

所以她也看不到，他看着她的时候，眼角眉梢的那抹笑。

所谓的赌约，或许一开始还有想要躲开郑昕的意思，可后来，便是他的武器。

他怕她的追求是一时兴起，更怕自己吓到她，所以想等她考虑清楚，所以一点点地走近她，也看着她一点点地走近自己。

所以他带她去母亲的墓地，他把她带回家，他心疼她的受伤……

关于她的一切，好像都在不知不觉中来到了他的世界，而这个变化让他觉得欣喜。

她问他什么时候知道她的微博名，他和她说是在医务室。

其实不是，很早很早他就知道，医务室那次他只不过是再一次确定了而已。

或许她忘了，可他不会，他永远都不会忘记在那个他以为是末日的午后。

她坐在他的身边，笑得很开心，和他说话。

"你知道吗，我特别喜欢小说，等以后我也要写小说，我连笔名都想好了呢，就叫雨生，好不好听？"

"嗯，为什么取这个名字？"

"我生日在谷雨呀，雨生百谷，是不是挺有意义的？"

"雨生百谷……"他重复了一遍。

"有没有人跟你说过，你的声音真好听，肯定特别适合做配音。"

雨生百谷。

你叫雨生，所以我是百谷。

/ 番外三 /

WO
ZAIDENG
DENG FENG
DENG
NILAI

我在等，等风等你来

▲

1

2012 年，7 月 24 日。

在昏睡了三天三夜后，苏珩终于在这个陌生的北京医院，睁开了眼睛。

耳边的声音逐渐清晰，有呼吸机嘀嘀嘀的声音，有加湿器呼呼呼的声音，有轻轻抽泣的声音，还有长长的叹气声……

即使光线不强，她依旧觉得刺眼，眯着眼睛许久才缓缓睁开双眼。

是个陌生的白色房间，苏珩张了张嘴想说话，却只发出了奇怪的声音。

坐在床边抽泣的中年女人猛然抬头，一把抓住她的手："阿珩，你醒了？快叫医生，阿珩醒了！"

然后，就是一场混乱，苏珩终于逐渐反应过来，自己是在医院，昏睡了好几天才醒过来。

等医生走了，病房里重新只剩下她和父母，她无力地叫："妈妈……"

苏母眼泪掉个不停："醒了就好，醒了就好，你知不知道妈妈都快吓死了。"

"对不起……"

"好了好了，"苏母替她盖好被子，"别多说话，你好好休息，等你好点，我们就回 J 市去。"

苏珩愣了愣："那我们现在在哪里？"

"嗯？不是在北京吗？你……"苏母愣了愣，忽然转头看了一下苏父，而后重新看向苏珩，"阿珩，你不记得了吗？你自己到北京来玩，遇到了暴雨……"

苏珩总觉得脑袋有些混乱，被母亲这样一说，有些画面才逐渐拼凑成事件，她"嗯"一声："我记起来了。"

她仿佛做了一个很长很长的梦，但始终记不起来梦里有什么。

母亲拍拍她的手："别多想，好好养身体最重要。"

苏珩又昏睡过去，苏母拉着苏父来到走廊："你不觉得奇怪吗？"

"怎么了？刚刚检查了不是说没问题吗？只要好好休养就行。"

"她醒来之后都没提过陆维安，一句话都没提起过！"苏母压低了声音，从病房门的玻璃窗往里看去，见苏珩还睡着才继续说，"你不觉得奇怪？"

"没提起不是最好，要不是那小子，阿珩会变成这样？"苏父冷哼一声。

苏母想了想，还是不放心："你看着点阿珩，我去问问医生。"

苏母回来的时候苏珩还没醒来。

"医生说，现在有可能是记忆混乱没想起来，得看看之后。"

"要是想不起来更好，你看看那个日记，要不是陆维安，她怎么会……"

苏母嘘了一声："你可别提日记本，要是让阿珩知道我们看了，可得闹一场，等回去我也得放好，不能让她看到。"

"哼。"

"我是想，等她恢复了，趁这次把她送到国外去吧。"

"嗯，就这么定了吧。"说着，苏父顿了顿，"那小子还嚷着要来看阿珩？"

"可不是嘛。"

"他病房在几号？我去一趟。"

苏父到陆维安病房的时候他正睡着。

坐在床边的陆母起身："苏先生……"

事故发生后，苏珩的父母和陆维安的母亲第一时间赶到了北京，在得知孩子都没有生命危险之后除了松一口气便是互相怨怪。

如今再见到，气氛不免就有些冷淡。

苏父请了陆维安的母亲出去说话："等阿珩恢复了，我们会送她出国。"

陆维安的母亲瞬间理解了他的意思，松了一口气："阿珩是个好孩子，但是出了这种事情，不止你们，我也……出国好，等过上两年，也就都淡了。"

"这件事情我也不想多追究，的确他们两个人都有错，关于苏氏的投资不会撤回来，但是我希望，之后陆维安不要再出现在阿珩身边。"

苏珩这两天睡睡醒醒，总算好了许多，呼吸机已经撤了，苏家父母已经准备出院回 J 市。

她混乱的记忆逐渐清晰，只是陆维安这个名字再也没有从她的口中出现过，只当自己是独自出来旅游，不小心遇到了暴雨。

为此她还抱着母亲的胳膊小心翼翼地说："妈妈，下次我一定会小心，你不要不让我出门好不好？"

苏母又是心疼又是庆幸："你这么不小心，我都不放心让你一个人出国。"

"出国？"苏珩不明所以。

苏母说漏嘴，也只能圆回来："你忘了？你出事之前我们在商量你出国的事情。"

苏珩记不起来，只知道高三的时候她死活不愿意出国，但是那个不肯的原因却怎么想不起来。

她发现如今对于出国这两个字，并不是那么排斥，虽然她不记得出事前已经打算出国，但她一向听父母的话，听母亲这样说，也只是点了点头："大概是我忘记了。"

"我跟你爸爸商量了下，还是我跟你一起出去，等你适应了我再回来。"

苏珩想说不用，可看母亲一脸担心的模样，话便又咽了下去。

苏父去办理出院手续，苏珩坐在窗边静静地看书，苏母收拾着东西，不时抬头看她一眼。

刚转过身，苏母便看到了病房门被开了一条细缝，有人正在往里面探。

她一愣，走到病房门口挡住，回身对苏珩说："阿珩，我去看看你爸爸怎么还没回来，你乖乖待着等我们。"

苏珩乖乖地应了一声好，抬头去看，只看到母亲一闪身就出去了。

苏母推着轮椅走出一段路，才低头看向轮椅上坐着的男孩："你母亲没和你说过吗？"

陆维安伤得比苏珩重，脸色依旧苍白，听苏母这样说，咬着唇低头："我只是想看看阿珩……"

"阿珩她很好，我们马上就要回 J 市了。"

"阿姨……"陆维安抬头看她，眼里闪烁，"阿珩她，真的把我忘了吗？"

苏母深吸一口气，抬手拍了拍陆维安的肩膀。

"阿姨知道你是个好孩子，但是你和阿珩不合适，不然阿珩也不会在这里，不是吗？如果不是因为你，她高中毕业就会出国，根本不会遇到这种事情，她会活得更好更开心。她什么都记得，只是和你有关的事情全都忘了，可能她自己也觉得没有你的生活才是最好的，所以维安，不要再让阿珩辛苦了，既然她忘了，就让她忘了好好地生活，她应该有更好的未来。等她恢复了，我们会送她出国，所以阿姨求求你，不要去见她，不要去找她，好不好？我只有阿珩一个孩子，如果她再出事，我真的不知道该怎么办了，所以求求你……"

眼泪早就忍不住往下落，苏母差点儿就要跪在陆维安的面前。

陆维安低着头，许久都没有出声。

他又何尝不知道，他所谓的爱给她带来的从来都是痛苦，不然她又为什么偏偏只忘了他……

他咬咬唇，到底没有抬起头来，声音带着些许哽咽："阿姨，我知道了，如果阿珩真的忘了我，我不会再找她。"

他推着轮椅走开一段路，又停下来，说："可是我会等她的，等她记得我。"

苏母缓了缓才重新进入病房。

苏珩见她进来，柔声问："刚刚有谁来吗？我好像听见你们在说话。"

"哦，没什么，正好碰到医生说了几句。"

苏珩点点头，笑了下："爸爸还不来吗？我想回家了。"

苏珩由母亲扶着走出了医院，父亲让司机把行李放进后备厢，母亲替她开了车门，让她坐进去，她的动作忽然顿了顿，回身看向医院。

"怎么了？"母亲问。

苏珩摇摇头，眼神四处扫了一遍，好像是想找什么，却什么都没有找到："没什么，只是总觉得落了什么。"

"出来前我检查过了，没落东西，走吧。"

苏珩"嗯"一声，却忍不住又看了一眼，这才带着失落坐进了车里。

车子越开越远，躲在医院门口柱子后的陆维安才缓缓出现，看着那辆渐行渐远的车，收不回眼神。

回到 J 市后，父母又带着苏珩去医院检查了个彻底，她原本身体就不好，不然也不会因为溺水就昏迷这么久，苏家父母不放心，又让她住了几天院。

苏珩从小来得最多的就是医院，得知自己还要住院便闷闷不乐，不过她一向乖巧，也只是默默地不开心了会儿，到底乖乖住了下来，只是忍不住问母亲："妈妈，你什么时候能帮我去买手机？"

她的手机在暴雨中不知所终，尽管不是什么手机控，但在医院的日子太无聊，她也多日没有同好友联系，难免想要个手机。

苏母应了一声："嗯，我下午帮你带过来，你身份证也得去补办，现在就只有临时身份证。"

苏珩拿到手机就先给许子心打了个电话："心心……"

"阿珩，听说你在北京出事了？还好吗？我能去看你吗？"

苏珩有些讶异许子心知道这件事情，倒也没多想，连忙应下来："你过来呀，我在医院有点儿无聊。"

许子心担心她，没等到第二天，傍晚就过来了，还给她带了个保温桶："我妈妈煲的鸡汤，让我带过来给你喝，你也知道我妈妈厨艺挺不错的。"

苏珩感动得一塌糊涂，吸了吸鼻子："你怎么今天就过来了？回家要有一个多小时呢，等会儿晚了不安全。"

"没事儿，我跟我妈报备过，晚了就在医院陪你啦，我们也好久都没有在一起这么久了。"许子心拉着苏珩的手不放，转头看向苏母，"阿姨，我今天晚上能在这里陪阿珩吗？您照顾她这几天肯定也累了，就早点儿回去休息吧。"

许子心嘴甜会说话，苏母一向挺喜欢她的，笑了笑："知道你们有很多话要说，我也不打扰你们，不过，心心，阿珩还在恢复，晚上别说太多话，早点儿休息，嗯？"

不知道是不是苏珩的错觉，她总觉得母亲的话里有话，却又说不上她话里有什么别的意味。

许子心格外正经："我知道的，你放心吧阿姨，我会让阿珩好好休息的，我们不会说太久的。"

苏母又待了一会儿才走，许子心送了她出去，好久才回病房，回来的时候给苏珩带了医院门口卖的烤红薯，笑："我买了两个，你要吃不？我刚刚吃了一口，很甜。"

苏珩点点头接过来，吹了吹才小心翼翼地吃起来。

许子心几口就吃完，然后看着苏珩格外淑女地吃东西，忍不住感慨："你还记得高中那会儿吗？冬天很冷的时候，你周末没回家，住在我家，我们出去玩，然后一人捧一个番薯吃得满脸都是……"

苏珩停下吃东西的动作，静静地想了想，然后笑起来："嗯，我记起来了，你自己吃完了还抢我的吃，还死活不肯再买一个。"

"反正你胃口小，一个吃不完嘛。"许子心吐吐舌头。

苏珩又咬了一口，果真吃不下去了："你要吃吗？"

许子心毫无顾忌地接过来，几口就吃下去了："果然还和以前一样，吃这么少，怪不得你这么瘦啦。"

苏珩低头笑了起来，而后不知道想到了什么，笑容渐渐收拢："心心，我最近总觉得我忘了很多事情，有很多很多事都要仔细想了才能想起来，而且总好像少了什么一样……"

许子心微微一愣，笑得有些僵硬："毕竟从鬼门关回来的，肯定还没恢复好，再过段时间应该就能好了。"

苏家父母给苏珩定的是双人间，就是为了方便有人守夜，苏珩和许子心两人早早地在床上躺下，隔着过道面对着对方躺着，在漆黑中互相看着。

许子心率先笑出来："阿珩，我们好久没有这么待在一起了。"

两人的家本来就不近，自从上大学之后，便很少像高中那样整天待在一起了，那时候多好，从早到晚都能见到对方，一起吃饭一起去厕所，一起说笑却也有争吵，是最美的青春回忆。

苏珩"嗯"一声，声音有些哽咽。

"阿珩，我能过来和你一起睡吗？像高中时候一样，我们挤在一张小床上睡觉。"许子心闷闷地问。

苏珩说好，许子心便立马跑了过来，钻进了她的被子里。

苏珩笑："睡着了不准踢被子。"

"我，尽量吧。"许子心往她身上蹭了蹭，"阿珩你身上真香。"

"都是药味，哎呀，心心，痒死了。"

许子心也不敢多闹，毕竟苏珩还在病中，马上就乖乖躺好："阿珩，真好，就像回到了高中一样。"

"嗯。"她应。

两人安静了一会儿，苏珩先说话："心心，我爸妈说等我好了就让我准备出国的事情了。"

"出国？"许子心猛地抬起头，"你怎么要出国了？"

苏珩揉揉她的脑袋："我爸妈挺希望我出国的，我也觉得没什么不好，你知道我一向都是乖孩子啦。"

"阿珩……"许子心咬咬唇，眼眶有些湿润，"可是，你要去得那么远，我们再见就更困难了。"

"不会啊，我放假都会回家的，到时候我们能再见啊。"苏珩笑着说，声音却分明颤抖着，黑暗中眼里带着点闪亮的光，"我们都长大了啊，不可能像以前那样总是在一起了。"

许子心不知道该说什么，只是抬手紧紧地抱住了她："阿珩，我从来没有像现在这样讨厌长大。"

苏珩揉了揉眼睛，轻轻拍拍她的背："长大也没关系啊，不在一起也没关系，我们不是说好了吗？要当一辈子好朋友的。"

"嗯。"许子心许久才从她怀里抬起头，在漆黑中看向苏珩那双单纯的眼睛，"可是，阿珩，你真的……"

"什么？"

许子心深吸一口气，摇头："没什么，我是想说你真的做好决定了吗？"

"应该是吧，别担心啦。心心，不会有人再像你一样对我这么好，我也不会再有比你更好的朋友了……"

"我当然知道了。"

许子心在医院陪了苏珩两天才走，走的那天依依不舍，苏珩有些鼻酸，却笑起来："心心，你这个样子，好像我们以后都见不到了一样。"

"呸呸呸，说什么呢，不许说这种话。"许子心哼一声，拿出手机和她自拍，"我们拍几张照片吧？"

苏珩捂着脸担心："我气色是不是很不好？"

"很漂亮，非常漂亮！"许子心说，"别忘了还有美图秀秀，我能把你 P 成超级大美女。"

苏珩笑个不停，跟许子心自拍了许多张。

许子心还嫌不够，让她坐好给她拍了好多，最后还开了视频："阿珩，你说几句话。"

"嗯？"苏珩原本以为她在拍照，还特意笑着等她拍，"啊，你怎么拍视频了呀？"说着要从病床上起来。

"没事，很漂亮啊。"许子心的视线从屏幕上移开，"你说几句话嘛。"

"说什么？"苏珩不明所以，"心心，我很喜欢你，够不够啦？"

许子心拍了会儿才关，而后将手机放回口袋，奸笑着坐在她身边："这下你可有丑照和视频在我这里啦。"

苏珩忍不住去挠她的痒痒："就知道你没安好心。"

许子心离开医院后，做的第一件事是拿出手机把刚刚拍的照片挑了几张发了出去。

刚刚发送完毕，就有电话打进来，许子心看到名字忍不住叹一声，却还是接了起来："嗯。"

"她还好吗？"他的声音带着试探，想问又不敢问。

"你不是看到照片了吗？"

"她脸色不是很好。"

"她还在医院呢，你也知道她本来身体就不好，这次死里逃生，肯定得养上一段时间，不过我看她还好，心情也不错。"许子心犹豫了一下，叫他，"陆维安，她好像真的把你忘了。"

电话那头许久都没有声音，他再出声的时候，嗓音越发低沉："或许对她而言，我一直都是她想丢掉的记忆。"

"你就不想让她想起来吗？她忘记你肯定也只是暂时的。"许子心说着就有些生气，"陆维安，我真的不知道你到底是怎么想的，阿珩说她恢复了就会出国，什么时候回来都不知道，你真的一点都不着急？你难道真的不喜欢她了？"

"许子心……"陆维安沉默了太久，"你不懂，我怎么可能不喜欢她，我就是太喜欢她了啊……"

"我不懂，我当然不懂，你们的事情我怎么会懂。我只知道如果喜欢的话就说，这么藏着掖着，以后后悔的只会是你。"许子心嚷嚷着，完全忘了自己高中时候也是个只知道暗恋的傻姑娘，"虽然苏阿姨也说让我不要和阿珩说你的事情，但是我总觉得，不能这样瞒着阿珩，万一她记起来了呢？你又到底是怎么打算的？"

"在阿珩心里，我带给她的大概全都是伤害，所以她才会这么决绝地忘记我吧。"陆维安的声音很轻很轻，轻到快要听不清楚，"我知道阿珩已经不开心很久了，叔叔阿姨也是希望阿珩能快快乐乐的，我能理解他们，他们不希望我联系阿珩，我也能理解，我有时候甚至在想，是不是没有认识过她才是最好的……"

许子心很想告诉他，不是的，对于阿珩来说，他应该是她青春时代唯一的光亮，就像曾经的自己那样。

可她最终却什么都没有说："随便你，我只希望阿珩不要再受到伤害，只希望阿珩开开心心的，你的事情，我再也不管了。"

"谢谢。"

许子心要挂电话，挂之前还是冲着那头喊一句："我还拍了阿珩的视频，等我回家连上 wifi 再发给你。"

2

苏珩住了小半个月的院才终于如愿回家，好在是暑假，有大把的时间让她休养。

父母已经在准备出国的各项事宜，因为春季入学的学校比较少，三人商量了一下还是打算申请明年秋季入学的学校，正好苏珩身体不好，也就趁着这段时间休养一下。

苏珩成绩出色，英语成绩又好，基本不用担心什么，一切都准备好之后她去了一趟乡下爷爷那里住了一段时间，乡下空气好，连带着她的身体也好了不少。

爷爷年岁渐长，精神愈发不济，苏珩原本只想住上一周，可实在舍不得爷爷，便多住了几个月。

山中岁月总是过得很快，2013 年转眼就到了，苏珩的 Offer 也终于如期而来，她选择了 UCLA，秋季就要入学。

母亲不放心她，想要陪读同她一起出去，最后苏珩没同意，母亲不是家庭主妇，她是父亲的左膀右臂，走了谁与父亲并肩作战？

"妈妈。"她安慰母亲，"你也看到了，我的身体好了许多，而且我语言也很好，一个人生活绝对没有问题的，你别担心，再说了，小阿姨不就在那里吗？我有事会去找她的。"

苏母和远在洛杉矶的小阿姨聊了许久，最终放弃跟着苏珩一起出去陪读，转而说服苏珩去阿姨家住宿。

苏珩一一和她说利弊，阿姨家离学校实在有点儿远，更何况阿姨嫁给了有个二十岁儿子的丈夫，目前还住在一起，她住过去岂不是太不方便？

苏母关心则乱，仔细想想，这的确算不上一个好办法，最终还是放手，只去办了旅游签证，她出国的时候陪着她一起出去，顺便陪她住了几天。

苏珩的室友是个学姐，家也在 J 市，人也热情，苏母亲自来看过很满意，可惜不过一个月，学姐就因为私人原因搬走了，后搬进来的是个北方姑娘，大大咧咧的，很活泼，苏珩喜静，和她说不到一块儿，室友一开始特别热情地想要同化她，后来发现实在不可能，两人也就难得说话了。

苏珩原本还有个能说说话的人，这样一来，她便更加安静了。

日复一日，苏珩倒是觉得挺充实的，原本她不喜欢自己的专业，如今出国后换了专业，读她喜欢的语言，兴致也高了不少。

唯一让她有点儿介怀的是随着时间的推移，和室友的磨合让她愈发觉得累，她自己习惯早睡早起，但是室友却喜欢晚睡晚起，早上倒是无所谓，她动作轻一些，起床后去图书馆就好，可晚上总归有些不适应。

每次她已经入睡，室友才会回来，从来不会放轻声音，乒乒乓乓，大概连隔壁房间都能听到声音，她已经无数次被吵醒，而后再也睡不着了。

她也曾经试着和室友沟通一下，室友当面笑着答应，可转过头，照旧这样，她也就无话可说，如果是许子心大概早就冲上去和人吵起来，或者如法炮制，早上也故意这样吵吵嚷嚷。

可她是苏珩，所以她只是把所有的心思全都压在了心里，买了眼罩耳塞，再也不说一句话。

最开始的时候她总是失眠，怎么都睡不着，可脑子里也一片空白，好像是在想些什么，却又什么都想不起来，时间久了她也就习惯了。许子心和她视频的时候听说这件事，气鼓鼓地说：“你就是没有脑子，傻乎乎的，任人家欺负。”

苏珩笑了笑：“总归还要继续一起住下去的，闹僵也不好。”

许子心已经大四，正在实习，所以住在外面。苏珩问她：“你最近实习怎么样？没受欺负吧？”

"你以为我是你呀，谁敢欺负我，你还是顾着点你自己，别担心我了。"

苏珩刚想说话，忽然发现屏幕边缘一闪而过一个身影，像是个男人，她有些讶异："你房间里有别人？你男朋友吗？"

许子心转头看了一眼，似乎是瞪了瞪人，而后转过头来，挠挠头有些尴尬："我不是借住在他家嘛，不知道他什么时候进来了。"

"一直听你说，我还没见过呢，要不要介绍一下啊？"

许子心连忙摆手："下次等你回来再正式介绍你们认识啦。"

等挂了视频，许子心差点儿没把陆维安抓起来打一顿："你不是说小心的嘛！"

陆维安有些无辜："对不起，不过谢谢你。"

许子心一听这话，心里便没了气，只是冷哼一声："我能做的也就只有这些了，你们的事情我不管也管不了。"

陆维安拍拍她的肩膀："能让我经常看到她，知道她过得怎么样就已经很好了，许子心，真的谢谢你。"

许子心躲过他的手："别动手动脚，让我家男神误会怎么办？"

陆维安忍不住笑出声。

"不过你难道就不担心，万一她有了喜欢的人怎么办？你这么等她，还有什么意义吗？"

陆维安只是笑了笑，没有说话。

苏珩到洛杉矶第一个学期快结束的时候，第一次见到了熟人。

那天她刚从图书馆出来，手机铃声便响起来，是一个不认识的电话号码，她挂断，那个号码又打过来，她接了起来，那头的声音带着笑意："苏珩，你居然敢不接我电话！"

苏珩在学校门口见到了千里迢迢来到洛杉矶的周世嘉，太久没有见到他，不知为何居然有种恍如隔世的感觉，和记忆中的那个他总觉得有些不一样。

面对他，她总有些尴尬，抬手打了个招呼："你怎么突然来美国了？"

周世嘉笑着抓了把头发："我来玩的。"

"你不用实习吗？心心在实习呢。"

"我请假了。哎，你就别管这些了，我可是一个人来的，在这里也就认识你，你可得尽地主之谊。"

他丝毫不提他们之间曾经的那些往事，苏珩便也不好提，只是到底有些介意："我来这里也没多久，都没怎么离开过学校。"

"那我们就做个伴，一起玩玩呗。"

"我马上就期末了……"

"你要让我一个人在这个人生地不熟的地方？"

苏珩叹了一声："好吧，不过这几天我真的有点儿忙，我有空就陪你好不好？"

周世嘉笑起来，眼里都像是闪着星星。

话是这样说，可苏珩因为期末实在太忙，根本分身乏术，周世嘉去找她，最后只是陪着她在图书馆写作业。

周世嘉坐在她对面，手肘撑在桌面上，手托着下巴，静静地看着她。

苏珩偶尔将视线从电脑屏幕上挪开，就看到了周世嘉一脸正色地看着她，她吓了一跳，有些尴尬："不好意思啊，我差点儿就忘了你还在这里呢。"

周世嘉直起身子，笑了笑："你还是和以前一样，一做起题来就什么都不知道了。"

"你还记得啊。"

怎么会忘记呢？

那些最美好的午后，他趴在桌子上午睡一觉醒来，长长地伸了一个懒腰后第一件事情就是转身看向身后这个女孩。

她好像不知道累，他睡觉前在做数学题，他都睡了一觉，她还在做数学题。

他揉了揉眼睛，转了个身朝后坐，歪着脑袋看她做题。

她做题的时候格外认真，眉头轻轻蹙着，大概是这套题有点儿难，她的动作已经停顿了许久，而后懊恼地咬了咬笔头。

他忍不住笑起来，一把抢走她手里的笔，抬手揉了一把她的头发："做不出来就休息一下，盯着就能想出来了？"

苏珩受了惊吓，惶惶然抬头，见是他，眉头又皱起来，声音却轻轻的，一点震慑力都没有："你快把笔还给我！"

他故意起身，躲开，原以为苏珩会追上来，没想到她恨恨地坐下来，从笔袋里又拿出一支笔来，继续埋头做作业去了。

想到往事，周世嘉忍不住又笑起来。

苏珩不明所以："你笑什么。"

"没什么，觉得你可爱而已。"没有人比她更可爱，过了这么久，她居然还和以前一模一样。

苏珩没回话。

周世嘉摆摆手："你继续做作业吧。"

他就这样在图书馆陪了她好几天，苏珩每次都让他出去玩，他却说也没什么好玩的，还不如在图书馆接受一下外国文化的熏陶。

苏珩实在拿他没办法，好不容易空出一天来陪他逛了逛。

与其说是她陪他，还不如说是他陪她，他比她还熟悉这个地方，苏珩倒像是刚刚到这里的游客。

　　傍晚，周世嘉送她回公寓，在公寓楼下，他看着她进去，忍不住叫了她一声："苏珩。"

　　苏珩回身看他，等他说话。

　　周世嘉走近，低头看她。

　　"苏珩。"他又叫她一声。

　　苏珩下意识往后退了一步，双手抓住背包的带子，没有抬头看他。

　　"我听说，你因为之前出了事，记性不大好，真的吗？"他忽然问。

　　听他这么问，她居然松了一口气："嗯，总觉得以前的事情断断续续的，可能是事故的后遗症。"

　　"你还记得我曾经追过你吗？"他往前跨了一步，问。

　　苏珩咬咬下唇，终于抬头看他："周世嘉，我记得你是个好人。"

　　他差点儿就要笑出声来："你这是在给我发好人卡？苏珩，你现在有男朋友吗？"

　　"啊？"苏珩一愣，摇头，"没有啊。"

　　"我……还是不行吗？"

　　苏珩听懂了他的意思，可宁愿自己没有听懂，她咬着下唇，不知道该怎么回答。

　　她以为这几年过去，他早就已经把青春时候那些懵懂的感情放下了。

　　对于自己没有喜欢周世嘉，苏珩也觉得很奇怪。

　　在她的记忆中，周世嘉阳光开朗，虽然总是喜欢捣乱，也不爱好好学习，可他长得好看，不少女生都喜欢他的。

　　她为什么没有喜欢他呢？

　　她却半点都想不起来，只是觉得自己不该喜欢他，不能喜欢他，因为他不是……

　　他不是什么？

、

苏珩忽然有些头疼，眉头皱了皱。

她不再去想那些已经过去的事情，深吸一口气，开口："周世嘉，你真的真的真的很好，可是对不起，我……"

"OK！"周世嘉抬手，又揉了一把苏珩的头发，然后笑个不停，"我和你开个玩笑而已，不要害怕，我可不是那种死缠烂打的人。"

苏珩一时没能反应过来。

周世嘉看着她傻乎乎的样子，无奈地摇头笑："醒醒，我真的只是和你开个玩笑而已，我可不想和你谈异国恋。"

苏珩莫名有些尴尬，抓了抓头发："我……你……"想说什么，最后什么都没能说出来。

"好了，天气冷，你快回去吧。"周世嘉伸手替她理了理衣领，"我明天就回国了，你那么忙也不用来送我，下次见面不知道是什么时候，苏珩，我会想你的。"

他趁她发愣，迅速地将她拥了一下而后放开，继续说："以一个朋友的名义。"

苏珩"嗯"一声："可是我刚刚没有说假话，周世嘉，我真的觉得你是个很好很好的人……"

周世嘉目送她进去，伸手大幅度地摆了摆，"再见。"这次，是真的再见。

再见，他青春时代热烈喜欢过的那个女孩。

苏珩见到华烨是她来到洛杉矶的第一个暑假之后。

那天她难得出了校园，去逛了逛，离开的时候买了一个浓缩，而后坐上了回学校的公交。

华烨和她隔了一个过道坐着，她不是傻子，能察觉到他不时投过来的视线，她并没有特别反感，除了她能感受到他的视线是友好的之外，最重要的是她曾经见过他，在公寓的楼梯上，他们曾经上下交错而过，那时候他和室友一起上楼，说的是中文。

所以她在楼梯上鼓起勇气回头看了他一眼，然后认识了一个在这里最要好的朋友。

华烨和她同年，却因为生日比她大而以哥哥自居，当然他也真的是一个好哥哥，会带着她走他走过的地方，去他觉得划算的小店，还会带着她参加各种活动，简直就是男版的许子心。

苏珩原先觉得不习惯，也想过拒绝他的好意，因为担心他对她有别的心思，她把他当成朋友、哥哥，却没办法喜欢他。

大概是知道了她的顾虑与在意，他特意同她开诚布公地谈过这个问题，他说自己在国内也有个妹妹，真的只是把她当妹妹而已。

他有个妹妹不假，却没有只是把苏珩当妹妹，可他知道，她不喜欢他，他的冒进会让她像只小猫，一瞬间就逃离他的身边。

她逐渐适应他的好，也开始依赖他的好，真的他当成哥哥。

那年冬天格外冷，她毫无意外地生病了，原本只是普通的感冒，不知怎么的就变得严重了，她在床上晕晕乎乎地睡着，连华烨的电话都没有接到。

华烨就住在楼上，打了几次电话她都不接，便干脆下来敲门。

苏珩的室友不在，敲门声终于把她吵醒，她拖着疲惫的身体开门，发现是华烨："你怎么来了？"

他一眼就发现她的不对劲，伸手摸摸她的额头："怎么这么烫？你生病了怎么不和我说？我们去医院。"

苏珩不肯去："我已经吃了药，睡一觉就好，没关系的。"

他到底没能拗过她，她躺着休息，让他回去，他哪里放心，坐在一旁陪着她，等她睡着了也不敢走。

她醒醒睡睡，出了一身汗，梦里不知为何来到了那个暴雨的北京，她在湍急的水流中浮浮沉沉，模糊的视线中，她像是死死地抓着一只手，那个人近在眼前，她却怎么都看不清他的脸。

呼吸在一瞬间停滞，她倒抽了一口气，猛地睁开眼，眼前却是灰白色的房顶，她大口地喘着气，没能缓过来。

华烨靠在椅子上小憩，听到动静就过来："你醒了？"

她眨了眨眼睛，看向他的双眸无神，许久才聚焦："你还没走啊？"声音哑得不像话。

"你这样我怎么敢走？"华烨去帮她倒了杯温水，扶她起来，"喝点水。"

她喝了一大口，温水从喉咙过的时候她不免又想到了梦中的沉溺，呛到，咳嗽个不停。

华烨连忙把水放到床头柜上，收手的时候却不小心碰到了她一直放在床头的沙漏。

一声清脆的声响，沙漏在地上摔成了碎片，白色的沙子和玻璃碎片撒了一地……

苏珩被吓了一跳，呆呆地看着地上那一片狼藉，许久都没能回过神来。

"对不起，是我不小心……"华烨连忙道歉，抬头却发现苏珩怔怔的，还没回过神来。

"苏珩？"他叫一声。

"啊？"苏珩应一声，扯了扯唇角，像是在笑，"没事，没关系。就是一个沙漏而已。"

就是一个沙漏而已。

第一次见到这个沙漏的时候是在 J 大寝室的床上，她好好地放在枕头边，她虽然不记得它是哪里来的，可总觉得它很重要，好好地拿回了家放在床头，连来洛杉矶也放进行李箱带了过来。

"我下次帮你买个一模一样的。"

苏珩摇头说不用："真的没关系，碎了就碎了。"

他开玩笑："这个东西，是男朋友送的？"

苏珩抬头看他，眼中满是迷惘："男朋友？不，我没有男朋友。我也不知道是谁送的，我只知道它好像很重要很重要。"

当华烨对她说她会不会忘记了什么的时候，她没能反应过来："什么意思？"

华烨用手机搜了选择性失忆，给她看，她笑着看了一眼就把手机还给他："怎么可能……"

"虽然我也觉得这事儿很奇幻，但是你不也说你曾经受过伤，记忆总是很混乱，所以倒也不是没可能啦。"华烨让她躺下，自己蹲下来收拾地上的垃圾，"好了，别多想了，好好休息。"

华烨的一句话就像是一把钥匙，打开了苏珩心头从未开启过的那扇门。

自从事故之后，她的记忆就一直很混乱，已经过去这么久却也并没有好转的任何迹象，如果真的像华烨说的那样，那一切就都有了解释。

她还特地去了一趟医院咨询，得知这种情况的确有可能发生之后，便更加坐立难安。

正好寒假开始，苏珩想趁着寒假回国，华烨知道之后也跟着她一起订了机票。

苏珩想去 N 中看一眼，正好从机场回家要先经过 N 中，她和华烨便在 N 中附近的酒店住了下来。

去 N 中之前，她没有想到，那些过往的被她遗忘的记忆会如潮水一般汹涌而至。

没想到那个总是在梦中出现的，模糊的身影会是陆维安，更没想到记忆中的那个少年早就已经不在……

3

"阿珩。"

"我就知道，总有一天，我会等到你的。"

当看到 QQ 对话框里出现的这几个字，苏珩泪流满面，哭得不能自持。

她的手放在键盘上，却一个字都打不出来，双手颤抖个不停，她猛地将双手握成拳，挫败地低下了头。

莫名的恐惧席卷而来，她不敢说什么，也不知道说什么。

她甚至怀疑，发消息的究竟是不是陆维安，那个她好不容易找回来的记忆中的少年。

分明在她的记忆中，他因为救她消失在湍急的水流中……

她怔怔地望着屏幕上的对话框，那句话之后，再没有动静。

她深吸一口气，缓缓展开双手，放在键盘上，一个字符一个字符打出来，他的名字。

对话框的顶端是正在输入，她却忽然慌乱，不敢再看，蓦地将电脑关上，手无意识地放在了嘴边，咬着指甲，满心焦虑。

无比安静的房间里忽然响起五月天的《温柔》，她吓了一跳，看向放在电脑旁的手机，是许子心打来的。

许子心已经打了好几个电话过来，只是她一直神思恍惚，根本没有心情接电话。

而现在，苏珩忽然想到许子心之前电话里没说完的话，连忙把手机拿起来。

她听到许子心在电话那头舒了一口气："谢天谢地，阿珩，你终于接我电话了，我都快吓死了！你怎么用国内的手机号打的电话？你回国了吗？"

"心心……"她叫一声，刚刚哭了太久，声音哑得不像话，"嗯，我回国了。"

"所以阿珩，你全都想起来了吗？全部？所有？"许子心小心翼翼地问，生怕又刺激到她。

"是的，全部，所有。"苏珩说，"陆维安没死对不对？他还活着，对不对？"说到最后，她居然还是紧张得不像话，生怕许子心说出她不想听到的话。

"嗯，他还活着，活得好好的。"许子心说。

苏珩听到这句话，真正松了一口气，闭了闭眼睛，眼泪重新落下来。

他还活着，真的还活着！

再没有什么比"活着"这两个字更让她觉得感动。

许子心还在说话："对不起，阿珩，我真的不是故意瞒着你的。当初你出事之后，你妈妈来找过我，说你所有的都记得，单单把陆维安忘记了，还说你昏迷的时候一直喊着不要死不要死，医生说你应该是误以为陆维安已经不在了，不想接受这个事实才会选择把他忘掉，阿姨说你和陆维安在一起之后总是不开心，还不如把他忘了，让你以后都开开心心的……你出事之后我第一次去见你的时候，其实我还是有点儿想告诉你的，可是我看到你的眼神。

"我好像很久没看到你无忧无虑的样子了，阿姨说得对，自从你和陆维安在一起之后，后来的眼神里总是带着忧郁，所以我下定决心不想说了，我忽然也觉得可能忘记对你来说会更好一点。

"陆维安和我一直有联络，他和我想的其实差不多，再加上阿姨也去拜托他了，他这个傻子就说如果你记不起他，他就不会在你面前出现。

"但是阿珩，陆维安一直都在等你，等你记起他来，说只有你先记起他，还想和他在一起，他才会重新出现在你面前。"

苏珩不知何时又已经泪流满面。

其实许子心说得没错，她太患得患失，就像是当年爷爷说的那样，由爱故生怖，所以她一直害怕失去，所以她从没有一天是真正能够放下心来，毫无顾虑地去享受当下的。

是她太傻，未来的变数那样多，她应该抓住当下，那些所谓的患得患失，其实不过都是她的心魔而已。

她的心魔越来越可怕，所以才会让身边的人都一一察觉。

"阿珩？"许子心听不到苏珩的应答，还以为她已经不在。

苏珩深吸了一口气，应一声："嗯，我在。"

"你还好吗？"许子心小心翼翼地问，"你别讨厌我，对不起……阿珩，真的对不起，我是你最好最好的朋友，我不该瞒着你的。"

"我知道。"苏珩轻声应，"我没有讨厌你，心心，我怎么会讨厌你。我只是有点儿害怕，我不知道该怎么面对他。"

"陆维安不在 J 市，他毕业之后去了 B 市读研究生，听说这个寒假在忙什么项目所以要到年前才能回来。"许子心说，"阿珩，你什么时候去洛杉矶？"

听到陆维安不在 J 市，苏珩在失望的同时松了一口气，现在她还不知道该怎么面对他，不知道该说些什么，不知道以什么心情、什么表情去面对他。

"后天。"苏珩说，"学校还有事情。"

"你……不等他回来吗？"

"心心，其实我不知道。我不知道我该怎么办，那些被我不小心遗忘的记忆回来得太快，我都还没吸收完全，从知道我的生命里有一个陆维安，到以为他已经不在，又突然发现其实他一直都在，我真的有点儿混乱。"苏珩仰头，抬手擦了擦眼角的泪，"我当然想见他，想知道他怎么样了，可是我不敢，真的不敢。会不会他身边已经有了别人？会不会我的出现是多余的？会不会其实他对我只是愧疚？心心，我真的不知道。"

许子心不知道该说什么，说实话，她并不怎么能理解苏珩的想法，如果是她自己，肯定已经不管不顾地去找他了。

可她也明白，苏珩不是她，就是那样的苏珩才是真正的苏珩，才是那个和她认识了那么多年，是她最好闺蜜的苏珩。

"那你就这么走了，不等他回来？"

苏珩静默着，没有说话。

等许子心挂断和苏珩的电话，立刻给陆维安打了过去。

陆维安马上接了起来，就像是手机原本就在他手上。

"许子心，阿珩是不是记起来了？"

许子心有些意外："咦，你怎么知道的，我还没来得及和你说呢。"

"真的？"陆维安蓦地起身，"她刚刚回了我的QQ，可又很快没了回复，我还以为是别人。"

许子心和他说起刚刚才和苏珩打过电话："她现在在J市，只是后天就要回洛杉矶，你要不要回来看看她？"

陆维安走到窗边，看向外面依旧没有停歇的大雪："好，我回去。"

许子心叹一声："幸好阿珩终于想起来了，不然我得被你们急死。"

陆维安挂了电话就开始收拾东西，室友回来，有些诧异："你要回去？项目还没结束呢，而且这两天天气这么差，飞机都飞不了吧。"

"我回趟家，后天就回来。"他边说边开始订机票。

"我今天才刚刚听一个从机场回来的学弟说起这事儿呢，说天气不好，飞机都没法起飞，他就干脆回来了，再住几天再走。"

"我去试试。"他说着已经准备好东西，背了书包准备出发，"教授那边我会打电话的，要是他再问起，你记得帮我说一声。"

"哦好，你小心……"室友话还没说完，房门已经"砰"的一声被阖上了，他有些莫名，"家里出事了？看起来也不像，脸上还带着笑呢……"

自从他们认识，陆维安一向冷静，他还真就是头一次看到他这副模样，急切的、手忙脚乱的、没有章法的。

室友的话一语成谶，陆维安到了机场便被通知因为天气原因推迟登机，具体登机时间还未确定，他去服务台问，地勤小姐用疲惫的笑脸向他道歉，说她也不确定什么时候能登机。

陆维安怕航班取消，想了想便打车去了火车站，这里的情况也并没有好一点，大部分的火车全都晚点，工作人员能说的也只有抱歉。

他最后只能回了机场，继续等待。

机场里太多滞留的旅客，他找了许久才找到一个空着的座位，结果拿出手机才发现手机已经只有百分之五的电量，他出来得匆忙哪里还记得带充电宝，只能离开座位去免费充电的地方，等了大半个小时才轮到他，这个时候，手机都已经自动关机。

终于给手机充上电，陆维安看着手机屏幕亮起来，他舒出一口气，等到手机完全开机，他打开QQ，许多群都有消息，他仔细翻下去才找到苏珩的对话框。

她什么话都没说，只发了两个他的名字，可他就是知道，肯定是她，除了她不会是别人。

当年苏珩离开 J 市在乡下陪爷爷的时候，陆维安去过一趟苏家。

苏母在家，看到是陆维安有些诧异："你怎么过来了？"

"我知道阿珩不在家，所以才过来的。"陆维安说，"苏阿姨，我能去她房间坐会儿吗？"

他的表情和眼神实在是无法让人拒绝，苏母说不出口那个"不"字，最终甩甩手："你去吧，我等会儿要出门，别待太久。"

他已经觉得庆幸，连连道谢。

他从未来过她的卧室，之前也只不过去过她的琴房而已，苏珩的卧室收拾得很干净，有着浅淡的香味，和苏珩身上的味道一样，很舒服，让人安心，他差点儿就忍不住要鼻酸。

他从书架最高层找到了苏珩在日记里提到的那个铁皮盒子，小心翼翼地打开。

里面的东西杂七杂八，没有联系，他明白这些都是和自己有关的。

高一圣诞节的时候被她抽中的他的笔记本、一支普通到不能更普通的黑色水笔、一块因为他要借而被掰掉一半的橡皮、几张他们一起看过的电影票的票根……

他把那张高一·三班的合照拿起来看，狠狠地深吸了一口气，他之前的照片在搬家的过程中丢了大半，其中就包括这张高一·三班的合照。

那时候没有仔细看，现在才记起来，拍照的时候许子心在闹苏珩，苏珩忽然笑起来，他便下意识地低头看。

她笑起来，比任何时候都要好看。

他拿出手机将这张照片翻拍，这才好好地将照片放了回去。

最后看到的又是一本厚厚的笔记本，他不知道是她的日记，已经翻开，他原本想放回去，可却看到了她偷偷注册了一个 QQ 号的事情。

陆维安这才知道，原来那个曾经与他志趣相投的男生，居然是苏珩。

他后来还找过王行几次，却再也没有收到过讯息，他想过一切可能，却唯一没有想过，原来对方就是苏珩……

这个世界上，大概再也没有一个人会像苏珩那样，可他怎么就把她弄丢了呢？

他可能这辈子都……再也找不回她了啊……

陆维安走之前把自己从小杨那边拿到的日记本妥帖地放进了铁皮盒子里，原本就是苏珩的东西，他早就该还给她了。

给那个"王行"的 QQ 号发消息，也是从那一天开始的。

尽管他知道，苏珩可能永远都不会看到那些消息了。

可那又怎么样？就像是苏珩收藏那些他们之间细碎的物品作为珍藏，他也不过是想将那些没有喊够的"阿珩"作为珍藏。

不敢忘，也不会忘。

陆维安给手机充了点电就给许子心打了个电话。

许子心得知他正在机场之后整个人都震惊了："B 市不是大暴雪吗？你能过得来吗？"她原本已经睡下，这会儿猛地坐起来，看了下时间，已经凌晨一点。

"不确定。"陆维安有些疲惫，之前因为项目他已经很多天都睡眠不足，"但是如果不试一试，我这辈子都会后悔的。"

"好吧，那你在机场等等，阿珩说在学校有事，所以后天，不对应该是明天就得要走的，能不能见得到，也只能看天意啦。"许子心说着打了个哈欠，又格外真挚地说，"陆维安，说实话，其实我之前都有些埋怨你，毕竟你和阿珩在一起了却没能让她幸福，她失去你的记忆你也一点都不努力争取，我总觉得你没那么喜欢阿珩，我也挺替阿珩不值得的，她那么那么喜欢你呢……"

"许子心，我……"

"我还没说完呢。不过你今天表现很好，不愧是我许子心也曾经暗恋过的人！哈哈哈！"

陆维安一愣："什么？"

"哎？我刚刚说了啥？"

电话那头出现一个男人低沉的声音："许子心，原来你说我是初恋，都是骗人的？"

许子心呵呵笑着打哈哈："暗恋和初恋能一样吗？暗恋是一个人的事，初恋才是两个人的事情呀！再说了，我都能说那样的话了，这就证明我早就没有什么心结了对不对？"

"呵呵！"

许子心对着电话吼："我不和你唠嗑了，我要去哄我家男人了。"顿了顿，"啊，对了，刚刚我说的话，你别放在心上，毕竟你高中那会儿人气的确挺旺的，很多女生都暗恋你不是？"

"好了别解释了，你快去安抚你男人吧。"

陆维安挂了电话，忍不住摇头失笑，他还真不知道原来许子心高中的时候还暗恋过他，他怎么好像，一点都没察觉呢？

大概是他从未往那方面想过，许子心在他眼里一直都是最铁的"兄弟"吧。

就像是她说的，如今能坦然说出口，便是已经真正放下了。

那段青春，仓皇又美好，可惜早就成了记忆，再也……再也回不去了。

苏珩不知道在一千多公里的B市，有个人正急切地想要回来与她见面。

她几乎一夜没睡，总是辗转，房间里安静下来之后，她便总能听到有人一声又一声地叫着她，她有些慌乱，心跳早就不听她的使唤。

到最后，她实在无法忍受房间这样安静，干脆将电视机打开，她这才勉强睡了两个小时。

回洛杉矶的飞机在明天清晨，只睡了两个小时就醒来的苏珩先大致收拾了一下行李，原本想再上床休息一会儿，可又开始回到昨天晚上的状态，无论如何都静不下心来。

正好华烨来敲门，她顶着一张苍白的脸和一双红肿的眼睛去开门。

"醒了？你的脸色看起来很不好，要不今天在酒店休息吧。"华烨有些担心。

原本昨天早上的时候，苏珩说今天要带他去古镇逛逛的，可她这个状态实在是出不了门了。

"没关系。"苏珩摇头，回身去拿衣服和包，"我还是陪你去古镇走走吧，我不想待在酒店。"

古镇原本就不算特别商业化，来这里的游客远没有去乌镇西塘的多，再加上这会儿是冬天，入口处安安静静的，人不多。

华烨要去买票，苏珩说不用，带着他直接去了偏门，那边也有检票口，检票的阿姨径直将他们拦下来："门票呢？"

华烨就听苏珩软软地说了句他听不懂的话，那个阿姨就笑着让他们进去了。

"你刚刚说了什么？为什么能让我们进来？"

苏珩笑了笑："以前高中那会儿，这里都是不收门票的，只有那些景点才要门票进去。这些年开始发展起来，古镇也要门票了，不过对本地人是免费的。"

华烨这才知道她刚刚说的话是当地话，不禁感叹："怪不得说是吴侬软语，你说起这边的本地话来很好听。"

苏珩有些不好意思："其实我会得不多，只会几句而已。"

古镇里人不多，店铺倒是都开着，总有些热情的店主用当地话拉客，想让他们光顾生意。苏珩心善，明明没有需要，还是去买了点东西。

走久了，两人在一座寺庙前的凉亭里坐下来，转身就是一条河，有船过来，是戴着白底蓝印花头巾的姑娘在摇船。

苏珩不免就看呆了，等船过去，她才轻轻说："高中那会儿的周末，我们总喜欢来古镇玩，却一次船都没有坐过，坐船挺贵的，我们都是学生，大家都舍不得。"

那会儿大家的零花钱都不多，买买小东西，吃吃零食就已经花得七七八八，哪里还有钱坐船。

"你要去坐吗？"华烨拉着她起身，"去吧，实现一下小时候没有实现的愿望。"

游客少，游船也不用等，现成的船等在岸边，华烨买了最长的时间，然后拉着苏珩坐上了船。

摇船晃来晃去，慢悠悠地从河面上驶过，东风吹在脸上有些疼，她却顾不得了。

"原来真的很漂亮，怪不得大家都去坐船呢。"她笑。

要是春天来应该更好看，柳枝垂在水面，岸边是大片大片不同种类的花，万紫千红，春风温暖，能熏得人昏昏欲睡。

她眼底有些湿润："早知道当初就一起来坐了，可是现在……"

聚不起来了，那些原本从早到晚都凑在一起的朋友，早就各奔东西，那些年少时候的誓言，好像也随着时间一起，被埋葬在了那个最美好的青春里。

苏珩带华烨走过自己跟着朋友曾经走过的古镇街道，吃过自己跟着朋友曾经吃过的古镇小吃，回到酒店的时候已经是晚上。

华烨将苏珩送到门口，问："明天就要回洛杉矶，你真的不用回家去看一下？"

苏珩摇摇头，回了房间。

前几天与父母不欢而散，父亲向来强势，一个电话或者短信都没有来过，母亲每天傍晚都会发一条短信过来，电话倒是没有打过，大概是怕她拒接。

母亲的短信她没有回过，明天一早的飞机，她盯着短信看了好一会儿，终究还是把电话打了出去。

苏母很快接起："阿珩？"

她轻轻应一声："妈妈……"

"你现在在哪里？都回国了，怎么也不回家住？"

"对不起，妈妈，之前是我太冲动。"苏珩顿了顿，"我明天就回洛杉矶了。"

"这么快就回去？是真的生我们的气了？"

"学校还有事情，妈妈。我承认我真的很生气，可是……总之，对不起，妈妈。"

可是他们是她的父母，所有的一切好的或者不好的行动，都是因为她。所以她有什么资格讨厌他们？他们不过也是想让她好而已，尽管对于"好"的理解彼此大相径庭。

"好，好，好……"苏母一时之间不知道说什么，好像说什么都不对。

飞机是第二天一大早的，许子心原本想来送她，只是相距太远，实在不方便，只能通了个电话。挂电话之前，许子心到底忍不住说："阿珩，我跟他说了，你在 J 市。"

她没有说名字，可苏珩清楚她说的是谁，可苏珩不敢提及他的名字，想要绕过去："心心，我要去赶车了，先……"

"等下阿珩，你别误会，他听说你在 J 市马上就要回来，只是 J 市这两天暴雪，他根本过不来。"许子心叹一声，"你应该知道，他一直在等你。”

苏珩抿了抿唇，手中无意识地摆弄着行李箱的拉杆，大概这就是缘分，或许是连老天爷也觉得他们不该见面？

“心心……”苏珩轻声说，“你说，如果我们永远都不会长大，那该多好。”

她突然说这样的话，许子心愣了愣，却忽然明白了她想要说什么，感慨一声：“对啊，如果我们永远都不会长大，那该有多好呢。”

苏珩那么那么的怀念，那个高中时候偷偷喜欢陆维安的自己，那个因为他的一举一动心跳脸红的自己，那个发誓要将这份喜欢永远都埋藏在心里的自己。

那个，有勇气去喜欢一个人的自己。

苏珩和华烨到机场的时间刚好，取票托运，而后排队安检。

机场人好像一直都那么多，安检的人排成了长长的队伍，好像一点都没有往前进。

华烨看了看时间：“再这么下去，该不会误机吧。”

“哪有那么夸张。”苏珩笑了笑，忽然想起书包里保温瓶里还有水，连忙拿出来去一旁垃圾桶倒掉，她旋紧瓶盖，还没抬头，忽然听到远远有人叫她的名字。

那个声音不大，可在嘈杂的机场里却显得格外清晰。

苏珩不敢抬头，双手紧紧地捏住了保温瓶，呼吸都乱了节奏，是她的幻觉吗？

为什么她会听到陆维安的声音，那个多年未曾在耳边响起，却永远都回荡在脑海中的声音。

“阿珩。”他又叫了一声。

苏珩深吸一口气，终于缓缓抬起头来，循着声音的方向看过去。

　　他就站在安检长队最末尾的空处，穿着黑色的羽绒服，书包单肩背着，头发有些乱糟糟的，脸色不怎么好，像是几天都没有好好休息。

　　那个记忆中自己深深喜欢着的陆维安，那个照片中看着自己笑的陆维安，终于和这个现实中的陆维安成了同一个人。

　　他和以前有些不一样了，可又像是一丁点儿变化都没有。

　　苏珩明明想笑的，可眼眶不知何时已经蓄满了泪，他的身影愈来愈模糊，她终于艰难地扬起了嘴唇，用只有自己能听到的声音叫他。

　　陆维安。

　　你，还好吗？

/ 后 记 /

WO
ZAIDENG
DENG FENG
DENG
NILAI

希望你也遇见，
"我喜欢你，你也喜欢我"的简单

▲

去年夏天，我写完了《我在等，等风等你来》。

那时候我很神经质，写完一段晚上自己会扮演角色，读那一句又一句的台词。

一转眼，一年半过去，而在 2016 年的最后一个月，我终于写完了许子心的故事。

如果说苏珩的故事是青苹果，又酸又甜，那许子心的故事大概就是水蜜桃，软软甜甜。

写苏珩的时候我整个人都有些沉郁，可能是因为有着太多和我有关不怎么好的回忆，而那些美好的却都只是梦境。

所以写许子心的时候就想，我只要写一个温暖的小故事，没那么多弯弯绕绕，只有我喜欢你，你也喜欢我的简单故事。

现实中的许子心是我最好的闺蜜，我们高中相识，到现在几近十年，去年书快上市的时候她结婚了，而今年，她已经生下了属于她的小肉包子，过上了我们以前都从未想过的那种日子。

好像不久之前，我们还一起去 KTV 唱歌，一起去喝鸡粥吃饺子，一起去逛古镇，一起到处玩，而现在，她有了自己的家。

我却难免有些嫉妒，嫉妒她的丈夫和儿子夺取了她更多的关注，但更多的是开心，毕竟她那么幸福，幸福得又让我开始嫉妒。

那个曾经喜欢"陆维安"的她好像就随着时间，消失不见了……

年轻的时候我们不懂爱，喜欢总来得很快，以为会一生一世，会一辈子。

那个时候没有微信，只有老版的 QQ。那个时候没有智能手机，翻盖手机已经足够时髦。

而那时候懵懂的喜欢，大多都埋葬在了青春里。

我们总要走错过路，才会找到哪条才是正确的方向。

希望所有所有的你们，都能和心心一样，即使错过了青春时候喜欢的那个他，依旧能在未来遇见一个更好的他。

我们秉承万物皆可撩的宗旨，
为迷茫的少女们指引方向，带着满分诚意等你常驻！

文艺少女
话题馆

【扫一扫，马上开撩】

在这里有逗比可爱的话题馆馆长鱼跳跳每天不定时在线陪聊！
（真的不是机器人哦）

在这里还有各种或甜或虐或蠢萌搞笑的戳心话题跟你分享！
（大都是黄金狗粮啦）

在这里只要你参与话题并上了微信头条就有机会领取福利！
（啊，就是这么任性）

在这里你还可以遇见心中的男神／女神，开撩八卦，游戏互动！
（嘻，反正随时有惊喜）

在这里还有最全最新的大鱼书单，最独家的作者专访、最前沿的扒剧扒书，
良心安利，内容有保障，总有一款是你的菜！

如果你觉得还挺有趣儿，不妨找我聊个二十块的 \(^o^)/